Игорь Померанцев

Не знаю, не знаю

Author: Igor Pomerantsev
Editor: Maria Kiriakova
Cover image: *Brieflesendes Mädchen am offenen Fenster* by Johannes Vermeer, Staatliche Kunstsammlungen, Dresden — public domain in the USA
Cover design: © 2025 Virgola Press
Author photo: Courtesy of the author
Back cover photo: © 2025 ZeitZug.com

First Edition © 2025 Virgola Press

Published by Virgola Press
www.virgolapress.com

ISBN: 978-1-968788-19-3

Игорь Померанцев

Не знаю, не знаю

VIRGOLA PRESS
NEW YORK

Господин Лихтенштейн

В княжестве Лихтенштейн я провёл около трёх часов, хотя мог пересечь его на машине меньше чем за час. Я ехал из Швейцарии в Австрию, но из любопытства решил пообедать в деревенском трактире (одна звезда Мишлена). Мне запекли в фольге филе дикого кабана, и я по достоинству оценил кулинарное мастерство шефа. Ему передали мой комплимент, и он присел ко мне за стол. Мы выпили по бокалу местного гевюртцтраминера, и он рассказал историю о том, как в давние-предавние времена мощное соседнее королевство послало в Лихтенштейн войско, чтобы присоединить к себе земли лихтенштейнцев. Но войско вернулось домой ни с чем, потому что не смогло найти Лихтенштейн. Шеф очень гордился этой бескровной победой предков. Говорил он на алеманнском диалекте, так что я не понял что за королевство покушалось на свободу и независимость его родины. Баварское? Прусское? Саксонское? Сейчас это уже не важно. Просто история чудесного спасения Лихтенштейна поразила меня.

Вскоре я вернулся в Прагу, но рассказ шефа не давал мне покоя. Я думал, можно ли воспользоваться опытом государства-невидимки Израилю или Украине, мишеням интервенции и агрессии со стороны соседей? Увы, нет: Иерусалим – это магнитный полюс мировой цивилизации, а Украина огромна и жизнелюбива. Чтобы их найти, агрессорам не нужны ни разведывательные спутники, ни подзорные трубы. Понемногу мои миротворческие планы сошли на нет, и я сосредоточился на себе.

Уже давно мне хочется уйти в тень, заслонить по-детски лицо ладонями: вы меня не видите, да? Почему бы, наконец, не исполнить мечту? Разве лихтенштейнский шеф не подсказал мне рецепт, как это сделать?

Я записался на приём в пражский магистрат и после долгого ожидания дождался своей очереди. Чиновник спросил, какую фамилию я выбрал для новых документов. Я ответил: «Лихтенштейн». Он покраснел, наклонился ко мне и прошипел: «Вы сошли ус ума? Мы судимся с этой семейкой из-за замков, которые они требуют вернуть себе. Зачем вам немецкая фамилия? Мы едва избавились от них после войны...Это, между нами,».

Но я не смирился и дал объявление в газету Lidové noviny: «Ищу родственников со стороны матери Норберты (Норы) Лихтенштейн». Родственники обнаружились, и я вскоре женился на Астриде Лихтенштейновой и взял её фамилию. Через год у нас родилась дочь, и я бросил Астрид: зачем мне дочь, которая выйдет замуж и станет пани Свободовой или Дворжаковой?

Мои попытки связаться с лихтенштейнским посольством в Праге не увенчались успехом. Я нашёл в гугле его телефон в Вене, позвонил, но разговаривал со мной автоответчик. На чистом алеманнском диалекте он говорил: «Скажите, что вам угодно, и мы перезвоним вам, если сочтём нужным». Я объяснил, что хотел бы подать прошение, дабы стать подданым его Высочества Ханса-Адама II. Никто мне так и не перезвонил.

Я не отчаиваюсь. Своего я добился: стал человеком-невидимкой. Меня никто не ищет, никто не звонит. Я теперь просто господин Лихтенштейн. Раз в год, летом, я наведываюсь в венских дворец Лихтенштейнов, сижу во дворе чудного ресторана, жую филе дикого кабана, запеченное в фольге, неспеша пью гевюрцтраминер и гляжу, как из дворца выходят пары молодожёнов, женихи во фраках и невесты с букетами из флёрдоранжа .

Первое слово дороже второго

Сравнивая черновики с чистовиками, я обнаружил, что вычеркнутое и выброшенное оставляет след в прозе и особенно в стихах. Слова, однажды оказавшись рядом, дышат друг на друга, и их дыхание смешивается вопреки вымарке. Это похоже на встречу Гамлета с призраком отца:

Что это значит,
Что ты, бездушный труп, во всем железе
Вступаешь вновь в мерцание луны?
(перевод М. Лозинского)

What may this mean
That thou, dead corpse again in complete steel,
Revisits thus the glimpses of the moon?

Вроде бы отца нет, но всё же он есть. В поступках Гамлета чувствуешь отцовские мускулы и волю.

Сменив, к примеру, слово «чуть-чуть» на слово «слегка» ты делаешь текст легче, отрываешь его от земли, но воспоминание о букве «ч» заземляет строку.

В 1912 году в стихотворении «Февраль» Б. Пастернак пишет о «бессоннице очей». В 1928 году заменяет «бессонницу» на «сухую грусть очей». Но всё равно стихотворению не спится, оно ворочается с боку на бок.

С книгой происходит нечто подобное. Не вошедшие в неё стихи с укоризной смотрят на основной состав, и эта укоризна горчит и першит в горле стихотворений, увидевших свет.

В жизни задуманные, но не совершённые поступки могут не уступать по значимости совершённым. Каждый из нас время от времени решает гамлетовский вопрос. На русский to be or not to be чаще всего переводят «быть или не быть», но есть и другие версии: «Жизнь или смерть - таков вопрос». Или: «Жить иль не жить?». В украинском переводе тоже есть версия: "Жити чи не жити – Ось що стало руба". В немецком: "Leben oder nicht leben". Эта версия дальше от текста, но ближе к сути. Сказав себе «нет», мы включаем это «нет» в прошлое и будущее.

А. Пушкин сначала назвал свою первую завершённую поэму не "Руслан и Людмила", а «Людмила и Руслан». Да, Руслан - богатырь, во всех смыслах действующий герой. Но «красы, достойные небес», первичны: можно поменять местами имена, всё равно от этой перемены смысл поэмы не изменится.

Via Federico Fellini

Из вагона надо выходить под музыку, например, под песню Guarda che luna, guarda che mare... , если ты приехал на римский вокзал Termini. Мне было за тридцать, когда я впервые приехал в Рим из Германии. Итак, я вышел из вагона и огляделся по сторонам. Моря рядом не было, но молодой месяц уже отбрасывал робкий свет на длинный перрон. Я увидел их сразу: они стояли поодиночке, и не угадать их профессию было невозможно. Я бы прошёл мимо, если бы не проститутка, годившаяся мне в матери. В Германии я таких не встречал. В Германии нет культа мамы, и немецкие мужчины, в отличие от итальянских, редко ищут утешения у пожилых дам. Я долго и беззастенчиво рассматривал её, и она приободрилась, облизала алые губы и даже щёлкнула языком. В общем, это всё, что я запомнил, но запомнил на всю жизнь.

Я вернулся на Termini сорок с лишним лет спустя, вышел из вагона и прошёл к перрону. Я искал их глазами, но не находил. Точнее, я искал одну из них, хотя это было глупо: женщины этой профессии не доживают до ста лет и тем более не продолжают работать.

Я остановился в благопристойном районе недалеко от Ватикана, но меня не покидали мысли о вокзальной римлянке, обосновавшейся в тёмном переулке памяти. В гостинице, листая каталог музеев, я обратил внимание на название одного из них: Museo Delle Anime Del Purgatorio (Музей Душ в Чистилище). Я нашёл его на карте города и отправился в этот самый музей, о котором в каталоге мелким шрифтом было сказано, что он хранит следы душ, попавших в Чистилище. Надо сказать, католическое богословие лишь в XV веке признало термин Чистилище, хотя по касательной о нём писали ещё папа Григорий I Великий, а после бенедиктинский монах Беда Достопочтенный, философ-схоласт Пётр Ломбардский и св. Фома Аквинский. Все они благосклонно относились к обычаю молиться за умерших и признавали жизнеутверждающую роль очистительного огня.

Музей Душ в Чистилище ютится в церкви Святого

Сердца Иисуса. Ему выделили то ли чулан, то ли каморку рядом с ризницей. Экспонатов там не больше сотни. Это застеклённые страницы старых хроник, дагерротипы с изображением одежды и прочих вещей грешников. Изображений самих грешников в потустороннем мире на стенах нет, но огонь как бы проявляет, высвечивает экспонаты. Это своего рода визуальные сигналы с того света. О них подробно рассказывают проспекты, написанные на истинно католических языках: итальянском, испанском, французским, португальском, польском.

Я покинул музей с чувством досады: следов вокзальной грешницы я в нём не нашёл. Метрах в трёхстах от музея напротив Palazzo di Giustizia, Дворца правосудия, мальчишки гоняли мяч. На них были майки Nike, играли они мячом Adidas Tango Rosario. Мамаши не кричали им «Тонино, Микеле, Лукино, домой!».

В Риме я пробыл несколько дней. Я искал прежний город, который открыл сорок лет назад, но от него не осталось ни голосов, ни лиц, ни песен уличных музыкантов. Жестикуляция уцелела, но громкость поубавился. Тот, прежний город, был драматичней, чем фильмы о нём. Он жил жизнью огромной коммуналки, в которой все разом наматывали на вилки спагетти и булькали вином. Итальянский язык казался родным и был понятен без дубляжа и субтитров.

- Кто там пёрнул на весь театр?

- А ну-ка сядь, ты не прозрачный!

- Ноги убери...Что бы ты делал с такой коротышкой ? - Ты что, не догадываешься?

- Если вы ещё раз бросите на сцену дохлую кошку, я заставлю вас съесть её.

- Вот тебе кусок какашки, чтобы помер от кондрашки.

- А теперь трио сестёр Пиза. Это не то, что подумали ваши грязные мозги.

- Солдаты! Вы в борделе, чувствуйте себя как дома.

- Выбирайте любую, они все играют на дудочке.

- Хочешь быть моим первым сегодня?

- Пожертвуйте в фонд сироток.

В день отъезда я приехал на вокзал за час до отправления поезда. Меня волнует криминальный привкус вокзальной жизни. Уже перед самым отправлением я увидел её. Да, это была она, в той же облегающей шафрановой блузе, малиновой мини-мини-юбке и с теми же алыми губами. Она ничуть не изменилась, осталась шестидесятилетней. Мой взгляд насторожил её. Она прочла его по-своему: «Ага, да ему хорошо за семьдесят, такие любят ragazze».

Я вскарабкался в вагон. В первом купе играла музыка. Я прислушался: Arrivederci Roma...

Больничные листы

* * *

Он умер,
не приходя в сознание.
Но не в стандартном смысле.
У него был Альцгеймер.
Так что он не заметил, что умер.
Но я о другом.
Дело в том, что доктор Альцгеймер
исследовал и другие психические
недуги, в частности, алкогольный психоз.
Ну, знаете, красная горячка,
белая, рвота, тремор конечностей и т. д.
Лично меня, поскольку я работаю на радио,
интересуют слуховые галлюцинации.
Всё начинается с переклички голосов
зверей и людей и завершается хором,
не уступающим по мощи хору
древнегреческой трагедии.
Хор подтрунивает, насмехается
и даже оскорбляет больного.
А его есть в чём упрекнуть.
Надо всё же признать, что
алкогольный психоз имеет отношение
к таким явлениям, как провалы в памяти
и развитие слабоумия,
присущим болезни Альцгеймера.

* * *

Оказывается, в полиции
у изнасилованные женщин спрашивают,
испытывали ли они оргазм
в течение акта насилия.
Я бы не удивился, если бы этот вопрос
задавали сексологи и психологи,
но почему следователи?
Если да, испытывали,
то оправдывает ли это, хотя бы отчасти,
действия насильника?
Вопрос этот задают согласно инструкции,
потому я не могу объяснить характер вопроса
тщанием или любознательностью детектива.
Жертвы изнасилования, как правило,
затрудняются ответить, замыкаются в себе,
но впоследствии испытывают
дополнительное эмоциональное потрясение,
чреватое хронической депрессией.
Могут ли эти стихи способствовать тому,
чтобы скорректировать
протокол допроса потерпевшей?
Если нет, то есть ли смысл у этих стихов?
Вы отлично поработали, детектив!

* * *

Сначала была скудная информация
в лондонской вечёрке (Evening Standard)
о том, что около Британского музея
машина сбила женщину средних лет.
Её доставили в больницу
и там попытались сделать переливание крови.

Но оказалось, что у неё кровь серого цвета
и неизвестного состава.
На эту информацию тотчас откликнулся
оксфордский историк-античник.
Он предположил, что, судя по цвету крови,
эта женщина – древнегреческая богиня.
Вскоре женщина бесследно исчезла.
Я тоже написал комментарий,
который не был опубликован.
«Женщина с серой кровью (ихор, ἰχώρ)
скорее всего была богиней Афиной Палладой.
В Лондон она приехала, чтобы в Британском музее
молча постоять возле мраморов Парфенона,
воздвигнутом в её честь в 5 век до н. э.
В медицинской помощи она не нуждается,
поскольку бессмертна».

* * *

> *В рану, что и так болит,*
> *Жгучую насыплют соль.*
> Из японской песни

Листал трактат о древней японской медицине.
Оказывается, японские зубодёры
вырывали больной зуб пальцами,
причём учились это делать на гвоздях.
Перед операцией расшатывали зуб,
ударяли по нему молоточком
и снова расшатывали.
Да, листал и вспомнил, надо же,
какие только не приходят в голову ассоциации,
одну женщину,

как она в позапрошлом веке расшатывала нас:
то исчезала с радара,
то сдавала мои книжки букинистам,
чтобы купить помаду,
то скручивала косяки из моих стихов.
Я писал ей каждый день
всякие funny papers,
но, думаю, она их не читала.

Что-то вроде:
- ...Знаешь, как Станиславский определял любовь?: "Хочется касаться"...Я услышал в телефоне как ты зевнула. Целую в зевок. Сонной ночи...У меня кислородное голодание. Где ты?..Какие щедрые планы! Прыгаю до высокого потолка и даже выше!.. Ты говоришь: «Он не в моём вкусе». А если бы был в твоём?..Встретимся? У дня появился смысл...Да, Станиславский...Ну ты просто минное поле. Но я же не сапёр!..Твои батарейки сели? Но разве любовь не жестоковыйна?.. В твоей жизни есть какие-то фигуры и тени, которых я не знаю...Меня мучит предчувствие утраты. Но нас же двое!..Совет себе: поторопись, совет тебе: не спеши...Во всех моих записках один смысл: я машу тебе рукой, это я, тебя любят...Я слишком часто вижу себя в зеркале, чтобы быть уверенным в себе... Ты знаешь, как по-украински "глагол"?" - "Дієслово", действуй!..Чуть не забыл: Станиславский...

В конце концов она так нас расшатала,
что всё обрушилось, и она исчезла
в клубах строительной пыли.
Когда-то Гейне остроумно заметил:
любовь – это зубная боль в сердце.

Воздушный поцелуй

"Орлёнок" был влюблён в "Ласточку". Он её преследовал. "Орлёнком" рулил я. Благодаря ему ещё в детстве я почувствовал, что такое любовь. Оказалось, что я не был исключением. Владимир Набоков писал о велосипеде с эротическим энтузиазмом: "В сумерках особенно легко шёл велосипед, шина с шелестом нащупывала каждый подъём и выгиб в утоптанной земле на краю дороги". Современная американская поэтесса Nikki Giovanni назвала свою книгу лирики "Велосипеды. Стихи о любви". Для неё любовь, жизнь и велосипеды – это доверие и равновесие, а беды и ссадины – колёса.

Сегодня детские и взрослые велосипеды можно купить даже в интернет-магазине, но всё равно о них вспоминаешь ностальгически, как о виниловых пластинках или санках. Мне кажется, я сохранил свой "Орлёнок" – в стихах:

> На шоссе под Иерапетрой
> на фоне Ливийского моря
> я видел поцелуй года:
> велосипедист на лету
> поцеловал в плечо
> велосипедистку.

Метаморфозы Франца К.

В городе, где долго живёшь, редко ходишь в музеи: мол, время есть, ещё успеешь. В Праге Кафка валяется под ногами: он всюду. Зачем же писать о нём? Я работаю на радио с видом на могилу Кафки: от неё рукой подать до нашего здания. В рабочие дни я выхожу на террасу под открытым небом, которую называю "верхней палубой", словно радио - это трансатлантический лайнер, плывущий в "Америку", и пью кофе. Ещё я часто бываю в кафе "Savoy", куда Кафка водил на кофе знакомых актрис. В этом кафе один из самых красивых потолков в Праге, украшенный лепниной. Лежит Кафка на Новом еврейском кладбище. Оно безлюдное: евреев в Праге с воробьиный нос. Честно говоря, близость Кафки воодушевляет меня: где он, там и "Поверх барьеров".

Ночной сторож

* * *

Но старость – это гетто.
Не то чтоб совершил ошибку
и вовремя не эвакуировался.
У времени нет тыла.
Детство или зрелость в контейнер на погрузишь.
В итоге просишь ночного сторожа,
отдаёшь ему янтарный мундштук отца
за бутылку самогона.
Я такой тут не первый.
Приносит.
Прячусь в сортире,
булькаю из горлышка.
давлю самогонную отрыжку,
но она своевольничает.
Выхожу, улыбаюсь,
привет, гетто.

* * *

Мне было пятнадцать,
и я был влюблён. На расстоянии.
Родители увезли её (не)известно куда.
И вот мы встретились.
Она посмотрела на меня вылинявшими глазами,
которые когда-то выходили из берегов,
но не узнала. Спросила:
- Ты можешь достать мне сигареты?
- Какие?
Она поглядела мимо и сказала:

- Болгарские. Опал...или Шипку.
Ночной сторож срубил с меня
серебряный портсигар деда:
машина времени стоит до фига.
Но привёз.

Они собрались возле доски объявлений,
как абитуриенты, ожидающие
результатов вступительные экзаменов.
Я стою поодаль.
Как же они радуются,
когда их нет в списке.
Ну вот, пронесло.
Я закуриваю,
словно мне дали право
на последнюю затяжку,
отхлёбываю из пузыря.
Помню, как радовался,
когда увидел себя первокурсником.
Пора ехать по направлению.
Куда? В глубинку.

Сказал кастелянше,
что в общем холодильнике
уже неделю стоит чашка
с вставной челюстью.
Пообещала разобраться.
Сказала – сделала.

Но!
Проходя мимо двора колясочников,
я обратил внимание, что они играют в футбол,
на свой лад,
розовым огрызком.
Ну кастелянша,
ну бизнесвумен.

* * *

Да, я помню её в позапрошлом веке
в бархатной курточке.
Про себя я называл её
фрейляйн Будденброк,
потому что она была нездешней,
ну и в курточке бутылочного цвета,
единственной в городе.
Да, снова пришла...Опал...Шипка.
Я сказал, что наша любовь
была идеальной,
потому что была бескорыстной.
На расстоянии.
Она расплакалась,
и я снова увидел глаза,
вышедшие из берегов.
Пошёл к себе, открыл сундук,
всё перевернул, нашёл сигару,
скрученную из пепла и золы
осенних костров.
Пойду к ночному сторожу,
когда стемнеет.

* * *

Да, это гетто, только во времени.
Нынешняя перенаселённость
напрямую связана с увеличением
продолжительности жизни.
Вроде бы прогресс,
но не продыхнёшь.
Ночной сторож сделал мне
неожиданное предложение:
- Слушай, поэт, у нас есть вакансия.
Хочешь водить машину времени?
Я был ошарашен.
- Я? Но у меня нет водительских прав.
- У каждого поэта они есть.
- А машина двухместная?
- Хочешь с фрейляйн кататься? Включено.
Выбери год или век для первой прогулки.
Думал-думал, но выбрать не смог.
Хотя пору года выбрал:
начало осени, бархатный ветерок.
Есть идеи?

Единство времени и места

* * *

Пригласили на открытие нового кладбища.
На старом якобы стало тесно,
были жалобы.
Я неохотно согласился, но пришёл:
мало ли что.
С отцами города лучше не ссориться.
Мне всё это не понравилось:
новодел, но без новоселья,
вроде бы торжественно, но бездушно,
и лица кислые, словно айву надкусили.
Для меня так и осталось загадкой:
почему они пригласили меня?
Чем я заслужил такую привилегию?
Да, к тому же благодарили
и долго жали руку.

* * *

После полудня в городской газете
напечатали онлайн фоторепортаж.
Я обратил внимание, что отцы города
годятся мне в сыновья.
Долго вглядывался в их лица,
ну кислые, но не жёлтые,
не пергаментные.
И куда они спешат?
Вбухали кучу денег,
конечно, не из своего кармана.
На снимке разглядел,

что они стояли вокруг меня,
причём плотно, плечом к плечу.
Да ну их, больше не приду.
Даже пузырёк не раздавили.
Мне и дома хорошо
рядом с бутылками и книгами.
Один местный поэт сказал:
здесь жили люди и книги.
Но если людей заменить на бутылки,
то будет даже лучше.
Мне – точно.
Да, на фото выгляжу не ахти.

* * *

Всё-таки вернулся туда под вечер.
Ни души.
Неужели деньги отмывали?
Так и не заселят?
Нашёл один бугорок,
на первый взгляд свежий,
встал на колени,
прижался к земле ухом.
Услышал то ли шелест,
то ли покашливание,
будто там останки осени.
Даже ухо запачкал.
Вернулся домой,
перечитал классика.
Любят же они пофантазировать.
Придумал выражение:
«пупок земли».
Ухо протёр спиртом, особенно мочку,

она чувствительней.
Заначка - дело хорошее.

* * *

Снял с полки несколько книг,
своих, но не только.
Люблю их гладить,
подносить к губам, прижимать к уху.
Признаю только твёрдый переплёт,
под ним моим стихам спокойно.
Очень важно название: не просто имя
и даты в круглых скобках,
а название: чтобы мимо не прошли.
Лучше, чтоб книга лежала, а не стояла,
чтобы на неё падали полосы света,
багряные листья, мокрый снег.
Да, вот что ещё важно:
имя должно написать на латинице.
Всякое может случиться:
другие флаги повесят, сменят гимн.
А латынь мёртвая,
что с неё возьмёшь?
К ней с ножом к горлу,
а она в смех: давай, режь, коли.
Ставлю книги назад,
но с закладками:
может, кто-нибудь когда-нибудь прочтёт,
ну вот хотя бы это:
«Пригласили на открытие нового кладбища».

Проснуться Грегором

Нет в литературе больших реалистов, чем модернисты. Рассказ Франца Кафки «Превращение» – это развёрнутый медицинский диагноз.

«Проснувшись однажды утром после беспокойного сна, Грегор Замза обнаружил, что он у себя в постели превратился в страшное насекомое. Его многочисленные ножки беспомощно копошились у него перед глазами».

Так приходит артроз. Ещё вчера вечером, да что там вечером, ночью во сне ты был лёгким стильным мужчиной, подмигивал дамам, а душа твоя играла на саксофоне, и вот сейчас в момент пробуждения ты не можешь свесить ногу с дивана. Нет, ты можешь, но всё твоё тело пронизывает кинжальная боль, от мочки уха до мизинца на ноге. Ты не веришь, ты не хочешь верить в то, что твоя жизнь радикально и необратимо изменилась, ты гонишь сон прочь, но он сжимает тебя острыми щупальцами и жалит огненными усиками. Ты ещё не знаешь, что путь от дивана к коридору ты будешь мерить в миллиметрах, будешь ползти к унитазу и, отчаявшись, справлять малую нужду в банку, научишься стягивать трусы большим пальцем ноги и полчаса вползать в брючины, а после твои слёзы будут капать в чашку с кофе, но от них он станет не солоней, а горче.

«С какой бы силой Грегор ни поворачивался на правый бок, он неизменно сваливался опять на спину. Закрыв глаза, чтобы не видеть своих барахтающихся ног, он проделал это добрую сотню раз и отказался от этих попыток только тогда, когда почувствовал какую-то неведомую дотоле, тупую и слабую боль в боку».

Жалостный голос жены («Тебе нездоровится? Помочь тебе чем-нибудь?») только усилит боль, потому что смех приведёт в движение мышцы, а они уж не дадут тебе спуску. Как после не даст тебе спуску физиотерапевт. Его стальные руки уже тянутся к тебе, но ты об этом пока не догадываешься. Впрочем, дело не в телесных муках, а в Кафке. Не знаю, болел ли он артрозом, Да и сам он мог не знать этого: в те времена рентген ещё не стал великим диагоностом, но ипохондрией, запорами и гнойными воспалениями писатель определённо страдал.

По ночам я вслушиваюсь в Прагу. Иногда она громко скрипит, словно подымается по старой деревянной лестнице. Её размеренные щелчки и хлопки звучат как выстрелы. Я слышу, как хлюпают в речной воде её хрящи и суставы. Однажды утром она не сможет встать. Но мы с Грегором у неё под рукой: «Прага, тебе нездоровится? Прага, помочь тебе чем-нибудь?».

И вот тебе на!
(старореализм)

* * *

Только-только купил годовой абонемент
в классный бассейн с сауной и парной,
когда днём там никого нет,
чувствуешь себя миллионером.
И вот тебе на!
Только-только установил импланты
в расчёт на долгие годы,
дорогущие, а страховка не покроет.
Жуй – не хочу.
И вот тебе на!
И письмо от издателя получил.
Мол, весь тираж книги продан,
а Галлимар просит права на перевод,
это как конфета Гулливер,
а издатель готов напечатать «даже книгу стихов».
Умилило это «даже».
И вот тебе на!

* * *

Молодёжь этого не знает,
а я помню.
Сразу после войны, той, а не этой,
союзники запретили исполнять немецкую музыку.
Но американский, в прошлом немецкий, миллионер,
купил недобитую субмарину (U-Boot)
и переоборудовал её под филармонический зал.
Благодаря этому на дне Северного моря
звучала музыка Баха и Бетховена.
Правда, слушателям запрещали аплодировать.

Нарушителей выбрасывали за борт
на съедение морским гадам,
но среди этих самых гадов
завелись меломаны.
Обгладывали, но слушали.

* * *

Она подходит к доске
и с помощью ученической линейки
и пластмассового угольника
чертит мелом евклидовы фигуры.
Что она преподаёт?
Верно. Политологию.

* * *

Мания чего?
Кто это ходит с гордо поднятой головой,
надув щеки,
и с табличкой на груди:
«Я – совесть нации»?
Надо признать,
что нация охотно делегирует свою совесть.
Хотел уточнить, что имею в виду
великую литературу.
Но нет, их уже несколько,
этих ходячих совестей.

* * *

У меня и прежде были подозрения.
Но лет в пятнадцать
на практике на машиностроительном заводе
(убирали металлическую стружку, сортировали её,

подносили болванки токарям и фрезеровщикам и т.п.)
мой класс оказался рядом с классом из интерната.
Мы были одеты получше
и выглядели упитанней.
Со мной разговорился мальчик из интерната,
он заговорило со мной первым,
у него было лицо как у нас, но бледней.
Он сказал шёпотом,
хотя нас никто не слышал:
- Ты даже не представляешь,
как нам там хреново.
Я представил и не забыл.

Как я стал писателем

* * *

Они стареют на глазах.
Я о политологах.
Бороды седеют,
волосы редеют,
и только слова не меняются:
небывало жестокие приговоры,
экономика входит в необратимое пике,
крах неизбежен,
раскол в Кремле
и т. д.
Лучше бы они, политологи,
не старели,
да хоть вечно были молодыми,
чем.

* * *

Вот эти самые, похожие на панцирных жуков,
врываются с автоматами на перевес в дом подозреваемого
занимают комнату за комнатой и, заняв,
кричат «Чисто!»,
так и я оглядываюсь и спрашиваю себя:
не наследил? Чисто?
И не могу ответить.

* * *

Ну что он тут делает,
да ему под восемьдесят,

у стойки бара.
Что он там заказал?
Эльзасскую eau de vie,
«воду жизни»?
Да плевать ему на дымку
«под хмельком».
Он ищет иллюзии,
якобы прежние годы при нём.
Поворачивается ко мне:
Where are you from?
Me? I am Alsatian.

* * *

В. Шкловский сравнивает измену в отношениях
со сменой литературных школ.
Мол, так литература спасается
от сношенности жанра, строя, стиля.
Измена как попытка вернуть и возродить.
Но если перевернуть сравнение?
Почем ты бросила мена?
Чтобы изменить?
Или наоборот:
изменила, чтобы бросить?
Но разве я не работал в разных позах и жанрах?
Разве что басен не писал и текстов песен.
Ради тебя я бы смог.
Да, В. Шкловский высказал эту мысль
в статье о Розанове. Сам В.В. Розанов писал:
«Зубцы перетираются, сглаживаются, не зацепляют друг
друга…Измена, как последняя надежда любви».
Я знаю: ты больше не читаешь моих стихов.
Холодок настоящей свободы.
Хорошо бы собаку купить.

* * *

Родители называли моего дядю «враль».
Но по-доброму.
Я тогда считал, что это синоним слова «писатель».
Я приходил к дяде по воскресеньям.
Он был слепой и диктовал мне рассказы.
Время было скудное.
Он крошил на хлеб с маслом
конфету «Кавказская " с привкусом сои
и заваривал грузинский чай.
Это был мой гонорар.
В будущем он обещал гонорар посолидней:
взрослый велосипед.
«Вот положат мне на глаза монеты,
пошлёшь рассказы
в какой-нибудь гвардейский журнал,
получишь гонорар и купишь «Україну».
Рассказы я записывал разноцветными
карандашами «Тактика»
для командирской полевой сумки
Один рассказ я запомнил.
Как взрывной волной дяде выбило глаза,
он наощупь спустился в блиндаж,
ему поднесли свечу к глазам,
чтобы проверить, видит ли он хоть что-то.
Он почувствовали тепло пламени,
запах стеарина
и не увидел даже проблеска.

Лет в восемнадцать я послал рассказы дяди в «Знамя».
Был такой журнал.
Мне ответили, что все рассказы –

это пересказы чужих произведений
т. е. плагиат.
Но с тех пор я пишу рассказы, стихи,
по привычке карандашами.
Салатными – о детстве.
Бурыми – о могилах.
Морковными – о любви.
Ну что, поверили?

Кремнистый путь

Der Tod, das ist die kühle Nacht.
Heinrich Heine

Это штамп со стоптанными каблуками и в драной толстовке. На него не обращаешь внимание. Я о сравнении жизни с дорогой. Можно собрать книжку цитат – от китайских мудрецов до американских битников – о жизни-тропе, пути, шляхе, рельсах и пр. Но все эти метафоры мелькают и проносятся мимо, потому что хожены-перехожены. В выражении "жизненный путь" не больше жизни, чем в искусственных цветах.

В Праге есть первоклассный испанский ресторан El Camino. Вот это, я понимаю, дорога. Хотя христианский смысл El Camino, паломнической дороги к могиле апостола Иакова, отвлекает от фантазий на тему ресторанного меню. Пойдёшь налево – найдёшь тапас: хамон иберико, кровяную колбасу «морсилья», кальмаров в кляре. Пойдёшь направо: мадридский суп Косидо, бакалао по-бискайски, паэлью с морскими гадами. А посреди стола – бутылка Ribera del Duero с её воспоминаниями о жарком лете 2009 года.

Но внезапно на старости лет, интересно, чьих лет?, чьей старости?, замечаешь, что ты в конце пути. Дороги. Тропы. Шляха. Замедляешь шаг. Даже пытаешься остановиться, но эскалатор вступает в полемику с тобой. В детстве я думал, что «лесенка-чудесенка» — это не иносказание. Так вот какие чудеса она обещает. Из-под неё просвечивается красный свет. Это свет подземный или небесный? И вот ещё что: выходишь один на дорогу. Блестит кремнистый путь. Ночь тиха и прохладна. Пустыня внемлет...да, чему или кому? Неужели? Так во о чём писал в последний год жизни 26-летний поэт.

Вологодский конвой

Читаю в сетях дискуссию о роли государствообразующего народа и народов Сибири в войне России против Украины. Оказывается, и так можно ставить вопрос: кто жесточе убивает? В истории есть прецеденты рекрутирования из т.н. инородцев особенно беспощадных воинов т.е. головорезов. Но я не антрополог. У меня нет таких весов, на которых можно взвесить бесчеловечность. Может быть, антропологи могли бы говорить со знанием дела о национальных особенностях садизма. У мен писательская память. Я вспоминаю стихи поэта из Твери Евгения Карасёва (1937-2019). У него был богатый лагерный опыт.

«Вологодский конвой шутить не любит»
(из лагерного фольклора)
В этапе конвой вологодский
Службу несёт справно.
Вздумаешь рвать когти —
Узнаешь что это за парни.
Будут дубасить долго,
Поигрывая желваками на скулах:
—Ты что же, забыл, что Вологда
Шутить не любит, паскуда!
Насмерть забьют — не помолятся,
закурят, как после работы.
Такие вот молодцы
Из вологодской роты.
А смотришь — русские лица,
ни одного уродины...
Хочу за них помолиться
И за тебя, Родина.

Кто ваш любимый историк?

На вопрос «кто ваш любимый поэт?» или «любимый композитор» образованные люди могут легко назвать много имён. Но вопрос «Кто ваш любимый историк?» редко услышишь, ну разве что в среде профессионалов. Всё же я рискну назвать имя любимого историка. Его зовут Фернан Бродель (1902 - 1985 гг.). Он был исследователем средиземноморского космоса. Этот космос открылся мне благодаря другой любви: к вину, его истории, культуре, философии. У Броделя я впервые прочёл, что «жилище виноградаря видно издали: высокий дом, винный погреб с гигантской дверью, так чтоб через нее можно было вкатывать бочки, огромная кладовая на первом этаже, затейливая лестница, ведущая в гостиную, кухню и спальни».

Признаюсь, я читаю Броделя не столько как исследователя, сколько как художника слова. Английское слово story напрямую связано с history. Но разве поэзия не входит в состав истории?

«Я всегда страстно любил Средиземное море, подобно многим другим выходцам с Севера. Я с удовольствием посвятил ему годы научных занятий, которые были для меня, наверное, чем-то большим, чем вся моя молодость. Надеюсь, что взамен частичка этого удовольствия и все очарование средиземноморского блеска отразятся на страницах моей книги. Лучше всего было бы, как это делают романисты, произвольно обращаться с ее персонажем, никогда не теряя его из виду, заставляя читателя на каждой странице ощущать его величественное присутствие. Но, к несчастью или к счастью, нашему ремеслу чужда восхитительная гибкость романа, так что тому, кто захочет воспользоваться этой книгой, придется обратиться к собственным воспоминаниям, к своему знанию о Внутреннем море. Я полагаю, что само море, каким мы его видим и любим, лучше всего рассказывает о своем прошлом. Не без основания можно заметить, что проще было бы описать неразрывную связь истории и пространства на другом примере, нежели Средиземноморье, тем более что в человеческом измерении биография Внутреннего моря в XVI столетии выглядит еще более внушительно, чем сегодня. Ее герой сложен, громоздок, неординарен, он не укладывается в привычные рамки, Обычный стиль историописания — "такой-то родился тогда-то" — к нему не подходит; Средиземное море — не просто море, а, "комплекс морей", к тому же морей, испещренных островами, рассеченных полуостровами, обрисованных изрезанными побережьями. Его жизнь неотделима от земли, его поэзия пронизана сельскими мотивами, его мореплаватели — одновременно крестьяне. Это в такой же степени море оливковых рощ и виноградников, как и море узких гребных судов и круглых купеческих кораблей, и его историю нельзя отграничить от мира суши, как глину нельзя оторвать от рук мастера, придающего ей форму. Lauso la mare e tente'n terro ("Восхвали море и оставайся на суше"), говорит провансальская поговорка.

Черновик и репетиция

В. Набокову не нравился роман Л. Толстого «Война и мир». Набоков называл роман «разухабистым», написанным для аморфного и безвольного читателя. Л. Толстой не нуждается в защите или оправдании. Ну мало ли что один писатель может сказать о другом? Но читая суждение Набокова, я поймал себя на том, что в романе Толстого мне как раз по душе его разухабистость, аморфность, несовершенность. Другими словами, точнее другим словом, (~~исторический~~) роман «Война и мир» похож на черновик, и в этом черновике есть место для правки, т. е., работы читательского воображения. Прошу прощения за самомнение, но я, читатель, вижу себя соавтором классика. (~~Кажется, такое же чувство, читая Толстого, испытывал И. Бунин~~). Любовь к черновику свидетельствует о моей вере в то, что жизнь – это черновик, который можно переписывать. Переписывал же Толстой вручную свой роман восемь раз, а некоторые (~~главы~~) эпизоды более двадцати раз. Здесь особенно важно (~~ключевое~~) слово «вручную». Я с сожалением оглядываюсь на поступки, которые мог бы отредактировать руками, ногами и словами.

Недавно я получил письмо от ровесницы, в которую был тайно влюблён более шестидесяти лет назад. Мы не были знакомы, я любил её издали. И вот теперь она написала мне, потому что нас связывает один город и, возможно, я, - пишет она, - помню поэтов, тогда молодых, с которыми она дружила.

Я сел к столу (~~компьютеру~~) и начал переписывать своё отрочество: вот я вижу её на улице, нерешительно здороваюсь, сбивчиво представляюсь, говорю, что написал стихи о ней, и заикаясь, читаю их наизусть:

Он помнит чудное мгновенье. А ты?
Носами тыркались в потёмках любви кроты.

Поначалу она даже не глядит в мою сторону, но, услышав стихи, протягивает руку и говорит: «Клара

(Роза). А как зовут вас?». Этот черновик я перечитываю и правлю: «Я не решаюсь заговорить с ней, но она неожиданно улыбается мне, незнакомцу, и я, опешив, замираю, словно её улыбка сказал мне «замри». И вот спустя шестьдесят с лишним лет её письмо говорит «отомри». Я отмираю, мне пятнадцать лет, а ей семьдесят с лишним, и мы снова разделены бесконечными десятилетиями. Нет, так не годится. И я снова сажусь за черновик жизни. Набоков хмурится.

Мне кажется, что есть ещё одна уловка, позволяющая переписать прошлое. Ты актёр и приходишь в театр на репетицию. Играешь в костюме, в котором пришёл, хотя на премьеру (тебе) уже пошит камзол или фрак. На репетиции ты ищешь голос, жесты, мимику. Нет, какой уж там камзол или фрак. Тебе пошили сатиновый халат, а ты - обитатель богадельни. Приходит санитар и приносит письмо. Ты не веришь глазам: письмо? мне? с американской маркой? (Не может быть). Ты недоверчиво (дрожащей) рукой открываешь конверт, надеваешь очки и читаешь. Как? Заикаясь? Шёпотом? Надтреснутым голосом? «Мы не знакомы. Я прочла ваш рассказ о нашем городе и решила написать вам, даже не знаю почему…».

Дальше по тексту пьесы: «Санитар…можно мне воды?». В зале (партере) слышны какие-то шорохи, скрип, смех. Кто пустил в зал посторонних? (Английский режиссёр) Питер Брук писал о репетиции: «Я вижу все ясней: для актеров, которые по своей природе хрупки и легко ранимы, необходимо знать, что их защищает тишина, интимность творчества и тайна».

Да, делиться тайной – риск и азарт. Черновики (говорят) скрипят голосами актёров. В. Набоков признавался, что вычёркивал слова и абзацы, дописывал, снова вычёркивал, комкал целые страницы, переделывал один и тот же кусок по три, по четыре раза, переписывал свежими чернилами. Да, в его прозе нет и следа черновиков. Читатель не стоит за спиной пишущего. Потому я предпочитаю расхристанную прозу Л. Толстого.

Опыт смерти/опыт жизни

Соседи разгребали развалины в поисках соседей. Выжившие дети пробирались к школе, которой уже не было. Собака несла в зубах руку хозяина к его телу. Это город Ковентри наутро после немецкой бомбардировки. Ноябрь, 1940 год. Более тысячи двухсот убитых, тысячи раненых. Город за гранью нервного срыва. Английский антрополог Том Харрисон, приехавший в Ковентри сразу после бомбардировки 14 ноября, писал: «Всюду царит чувство полной беспомощности. Ночной ад буквально лишил людей дара речи. Признаки истерии, страха, невроза налицо». Правительство опасалось, что правдивые передачи Би-би-си могут подорвать общественную мораль и прикомандировало к корпорации эмиссаров. Жители Ковентри считали себя преданными. Какова была цель Германии, бомбившей мирных жителей? Целью террора был террор. Министр пропаганды Германии Геббельс придумал словечко «ковентризация», т.е. полное уничтожение.

Ответка пришла позже. Гамбург союзники безжалостно бомбили в конце июля-начале августа 1943 года, Дрезден – в феврале 1945.

Я пишу об этом, чтобы напомнить о психическом и эмоциональном состоянии людей, которым на голову падают бомбы. У современной Европы богатый опыт подобного рода. Немецкий писатель В.Г. Зебальд в исследовании «Естественная история разрушения» ссылается на американского военного психолога, который после войны беседовал с уцелевшими жителями Дрездена и сделал вывод, что «население, при всей его врожденной словоохотливости, утратило психическую способность вспоминать, и амнезии подверглись люди, находившиеся внутри периметра городских разрушений». Такова реакция горожан, переживших смерть своего города. Прошу прощения за неисторическую параллель, но, возможно, так вели бы себя жители Помпеи, пережившие извержение Везувия.

Зебальд пишет, что слепота, немота, беспамятство — реакция сознания на подобный трудно-выносимый опыт, своего рода болевой шок. Причём это относится как к индивидуальному, так и коллективному сознанию. Я бы назвал подобную травму выгоранием памяти. У меня есть личный опыт общения с людьми, опалёнными войой. Эти люди – украинские беженцы из Мариуполя, Бахмута, города моей мамы Харькова и города моего прадеда Волчанска.

По касательной

Я бы сказа, что символ русской любовной лирики «Я помню чудное мгновенье» — стихотворение слабое, если бы не слово «мимолётное». Оно танцует. Какой танец? Скорее всего вальс («Кружится вальса вихорь шумный»). Или мазурка ("Мазурка раздалась. Бывало, //Когда гремел мазурки гром..."). Развеваются локоны, атласные ленты.

У А. Фета в стихотворении «На качелях» у любови есть профиль, но нет фаса:

И опять в полусвете ночном
Средь веревок, натянутых туго,
На доске этой шаткой вдвоем,
Мы стоим и бросаем друг друга.

Туго натянутые верёвки выдают физиологию страсти, а последний стих передаёт её колебательную динамику.

У Ф. Тютчева:
Она сидела на полу
И груду писем разбирала —
И, как остывшую золу,
Брала их в руки и бросала,

чудно сидела со словом «зола» в руках, но последующая строка «Любви и радости убитой» убивает чудо стихотворения.

У Б. Пастернака:
Ты вся — как горла перехват,
Когда его волненье сдавит.

Здесь слова значат куда больше, чем их смысл. Поэт пишет т.е. душит смертельной шёлковой нитью.

У Шекспира в "Ромео и Джульетте" любовь - это перчатка:

O, that I were a glove upon that hand. That I might touch that cheek!

(О, если бы я был перчаткой на этой руке, чтобы я мог коснуться этой щеки).

А. Ахматова подхватывает:
Я на правую руку надела
Перчатку с левой руки.

И у В. Маяковского, но уже на другой руке: "муча перчатки замш".

Но в английской лирике перчатка остаётся: "bosomy rose with fur gloves on" (Филип Ларкин). И не просто остаётся, а валяется в каждой стопе, потому что рифмуется с love.

Всё же больше всего мне нравятся криминальные тени любовников у Константиноса Кавафиса. Он жил в Александрии в месиве из греков, арабов, евреев, армян, итальянцев, британцев, французов. Гомосексуальная любовь была под запретом, но мужчины тёрлись, колебались, колыхались в пику законам и запретам.

Начало

Вкусили от запретного плода.
Опустошенные, встают. Не смотрят друг на друга.
Поспешно одеваются. Молчат.
Выходят крадучись — и не вдвоем, а порознь.
На улице тревожно озираются:
боятся, как бы чем себя не выдать,
не показать, что было между ними.
Но завтра, послезавтра, через годы
нахлынет главное — и смелости придаст
твоим стихам, берущим здесь начало.
Перевод Е. Солоновича

Морфологические связи в жизни синтаксиса

* * *

В сериале герой говорит героине «пойдём в кино».
Неужели и вправду такое говорят в жизни?
И вправду ходят в кино?
А я уже сто лет не ходил.
Но знаю, видел на улице, что кинотеатры ещё существуют.
Но кто туда ходит? И зачем? И что они там делают?
Это же каменноугольный век.
Да, в прошлом веке сам писал:
«Кино отсыревшие стены.
Последнего ряда места.
Единственно стоящей темы
Касались и наши уста».
Что за уста? Наши ли?
И при чём здесь я?
Но сериал досмотрю.

* * *

У всех какие-то планы на будущее,
про близких говорить не буду,
лучше про героев фильмов,
обсуждают, какую квартиру купить,
как её обставить,
какой будет вид из окна в диванной
или в спальне, обязательно на парк
или детскую площадку, или на реку.
Надо же, и я верю каждому слову.
Я бы тоже хотел поговорить

о чём-то подобном,
лишь бы с видом на будущее.
Но что-то мешает.
Что?

* * *

Глупо.
Книгу стихов только-только обмыл,
толщиной в десять лет.
И на новую меня уже не хватит.
То ли сил не хватит,
так сказать, живых реакций,
то ли срока,
вы понимаете, какого срока.
В общем, растопырка получается.
Вот пишу, и что с этим делать,
куда пристрою? В Facebook?
Впрочем, бывает и такое:
"Из неизданного,
публикацию подготовила вдова поэта".
Точно. Ей позвонят или напишут
общие друзья, мол, ты просто молодчина.
Игорь бы тобой гордился".
Так и есть: буду гордиться.
А что мне ещё остаётся?

* * *

Но, собственно, о чём писать,
если члены слабеют,
да, члены предложения.

В школе я любил их,
щёлкал как семечки или орехи.
Подлежащее. Это кто?
Конечно, я.
И что же это "я" делает?
Что с ним происходит?
Судите по этим стихам.
Разве они не сказуемы?
Дайте ваше определение: какой он?
Какие обстоятельства им двигают?
Какой способ действия он выбрал?
И в дополнении: кого? кому? чему?
О, члены предложения,
где вы? Как мне вас не хватает!

* * *

Ничего такого, сидели рядом в ресторане
в компании приятелей,
и я сказал, что мне нравится молния
на спине её блузки,
она засмеялась, но после написала мне,
что zipper сломался.
Что мне оставалосьт делать?
Я пришёл.
Господи, только молний мне не хватало.
Я же просто старался быть остроумным.
Но с другой стороны, со стороны спины,
я что-то пообещал
и вот теперь прикасаюсь
к холодному металлу.
Да, за слова надо отвечать.
Ну, поэту точно.

* * *

Что-то беспокоит, даже тревожит
в этом словосочетании «загладить вину».
Вот сейчас прочёл в рассказе японского писателя
«чтобы загладить вину» и поймал себя.
Где же мне такой утюг найти?
И какую вину?
Что я ничего не сказал, когда она
прижала мою руку к сердцу?
Да, рука словно одеревенела,
а у слов пересохли губы.
Но когда это было?
В прошлом веке, во второй его половине,
но не в конце. И где?
В парке? Да, играл оркестр
«В шумном городе мы встретились с тобой...».
Акутагава Рюноскэ:
«У меня нет никакой совести, у меня есть только нервы».
А что есть у меня? Только ассоциации.
«И нам ночи не хватило,
Чтоб друг другу всё сказать...".
Она хотела, чтобы я признался,
и мне было в чём. Но не хватило слов.
Да я и не искал.
Значит, достать гладильную доску,
включить утюг-отпариватель,
но где же он... бытовой, портативный?

* * *

Хотел написать красивое стихотворение,
сравнить уходящую жизнь
с исходом греков из Смирны в 1922 году,

как они пели, стонали, выли хором,
вместе с Эгейским морем
«дорога — это дорога»
«Petra-Petra», камень на камень,
так мы строили», но
«кто-то постучал в дверь».
Да, хотел, но сделал research
о бойне, резне, погромах греков и армян,
и руки опустились.
Да кому я нужен?
Какие ещё красивые стихи?
Да, бессердечней всех союзников
были английские моряки,
эти били по рукам и головам беглецов,
чудом доплывших с пристани до судов
Королевского флота.
Смирна – ты жизнь.
А ты, Измир?

* * *

Прежде я о ней не думал.
Нет, всё-таки думал,
но, так сказать, антропологически.
Почему в словаре они плечом к плечу: смех и смерть,
или почему у некоторых народов
принято смеяться на похоронах:
скажут бабе, что её мужика задрал тигр на охоте,
а она в смех, да ещё по ляжкам себя хлопает.
Или думал об образе:
«На лыжах смерть в халате белофинна,
размахивая палками, бежит».

Это я так ответил Хемингуэю:
у него смерть в образе велосипедиста.
Точно? Надо проверить.
Но велосипеды он точно любил,
любил ногами наматывать дорогу на шины,
в поезде такое не почувствуешь.
Простите, что занимаюсь самообслуживанием,
просто в тех редких случаях,
когда обо мне пишут критики,
они чаще всего попадают в молоко.
Да, так вот, это я нарочно затягиваю,
прежде не думал о ней в прикладном смысле,
но вот почувствовал её лёгкое дыхание на затылке,
лёгкое и прохладное,
думаю по нескольку раз в день.
Ещё простужусь.
Снова антибиотики? Да я их столько наглотался.
Уже и не действуют.
Ладно. Зачем забегать вперёд?
Где бег, там одышка,
учащённое сердцебиение,
пульс, как барабан.
В общем, пока так.

Они возвращаются

Точно не знаю, кто был первый писатель в новой истории, создавший образ злого гения, замахнувшегося на власть над миром. Возможно, родословная суперзлодеев восходит к профессору математики Мориарти, антагонисту Шерлока Холмса. В 1897 году вышел роман Герберта Уэллса «Человек-невидимка», герой которого, 29-летний психически неуравновешенный учёный, открывает формулу человеческой прозрачности. Его цель – мировое господство. У Жюля Верна есть роман «Властелин мира» (1904), герой которого по имени Робур всю мощь интеллекта направляет на завоевание человечества. А. Толстой завершил «Гиперболоид инженера Гарина» в 1927 году. Гений советского инженера был сосредоточен на использовании теплового луча огромной мощности, способного уничтожить все преграды на пути к господству. Инженеры и учёные-авантюристы с глобальными амбициями заполонили страницы научно-фантастических романов 20-30-40 годов прошлого века. Подростки 50-х, и я среди них, читали этот трэш взахлёб, не думая, что подобные фантазии имели прямое отношение к реальности.

И вот теперь гении-злодеи возвращаются. Но им не нужны убийственные лучи или неуязвимые аппараты. Их оружие куда мощней. Они владеют доменами, социальными сетями, веб-сайтами, мультимедийными файлами, электронными кошельками. Они президенты информации, и у них несравнимо больше власти, чем у президентов государств. Для них не существуют институты сдерживания и противовесов. Звёздный час монструозных персонажей вернулся. И этому часу не видно конца.

Глагол прошедшего времени

Осень – это глагол прошедшего времени. Число единственное, потому что осень всегда единственная, особенно крайняя. В начале декабря она уходит в монастырь, и там, макая скрипучее перо в ржавые чернила, пишет воспоминания о лете. Пока книга в работе, она – лето, но стоит взять её в руки, и она шелестит и похрустывает, как осень. Память – это жанр, вид искусства. Муха в янтаре куда живей летающей мухи. Воспоминание о лете – ярче самого лета.

октябрь 2024

* * *

Уже неделю
В парке полдень.
Парк
Облучён, как никогда.
Его заполонила осень,
Словно аквариум вода.
Журчанье
Сквозняков проточных,
Да всплески мимолётных крыл
Ах, сколько
Листьев позолоченных,
Ах, сколько рыбок золотых.

1966

* * *

Уже не скажешь "скоро осень" вот ты идешь по парку как

по сердцевине витражного стекла там где оборвется ограда
нищета красок лютеранство света здесь листья маленькие
как дети дети маленькие как листья трогать каштан
леденеть от голово-кружительного ритма его впадин и
вздутий и тут же вспомнить Лику чередование холодных и
горячих мест на ее теле и тут же забыть вдыхать
настоянный на вине и лепестках ребячьих голосов воздух
услышать лепет прокитаенных строк

пожалуйста не улетай о госпожа моя перенестись на них в
мир по имени о бабочка о мусульманка настроить ограду
сквозную длинную красивую как цитата но все же препону
дотронуться до графического образа ограды не отрывая
взгляда от порхающего поодаль и в сторону образа бабочки
плавно глотать вино настоянное на осени подозревать себя
в любви листья и дети всплески голосов осень и вино
понять еще вчера не жил кощунствовал

1976

Вдогонку книге стихов

Современных голландцев часто попрекают предками: мол, те были богатырями, вон как кистью работали - что большие голландцы, что малые. Попрекают напрасно. Кто бывал в Амстердаме, тот непременно обратил внимание на незашторенные окна жилых домов. Глаз от этих окон не оторвёшь: что ни интерьер, то произведение искусства. Искусство гениев-одиночек в современном Амстердаме стало подлинно народным. А родилось подлинно народное искусство благодаря врагам-оккупантам: подозрительный принц Альба (XVI век) запрещал голландцам прятаться за шторами, занавесями, жалюзи.

Лирика - это Амстердам. Эдгар Дега заметил, что художник начинает работу над произведением искусства примерно с таким же чувством, с каким преступник совершает злодеяние. Действительно, книга лирики - это взлом. Поэт распахивает окна, взламывает двери не только своей жизни, но и жизни близких. "Окно открыть, что жилы отворить", - писал Пастернак. Но отворить свои жилы - это одно, а вот чужие...

Однажды полузнакомая официантка в пражском ресторане рассказала мне, за что она бросила мужа в России. Он ей изменял, но не просто изменял, а всякий раз приходил и каялся. Можно подсчитать, сколько у него было кайфов. Во-первых, собственно физиологический, во-вторых, предчувствие раскаяния, в-третьих, сама процедура раскаяния. Лично мне этот тип глубоко неприятен. Но чем-то лирика на него смахивает. Сначала - интимность сочинительства, почти одновременно - предвосхищение публичного жеста, и, наконец, сам жест. Так что поэту не стоит обольщаться в отношении поэзии. Но поскольку она - призвание, то ему ничего не остаётся, кроме как сжиться с этой маленькой преступницей.

2002

* * *

Я помню эту дверь.
В ней стоял отец,
а до него бабушка.
В нимбе осеннего солнца
через неё проходили –
туда-сюда – гости,
садились за стал, чокались,
мужчины шутили, женщины смеялись,
пели песни,
Стоїть гора високая,
сквозь дверной проём я видел эту гору,
Попід горою гай, гай, гай,
И было в песне одно слово,
которое не вмещалось
в дверной проём,
Неначе справді рай.
Да, слово «рай».

октябрь 2024

Это не я цепляюсь за неё, а она за меня

*День походил на понедельник,
хотя была суббота, от него пахло понедельником.*
                                        Герман Гессе

Есть такой бродячий сюжет: пациенту делают анализы, и врач говорит ему: у вас неизлечимая болезнь, вам осталось жить не больше трёх недель или месяцев. Дальше обречённые герои романов и фильмов совершают благородны или низкие поступки. В прошлом веке для передачи «Болезнь и творчество» я взял интервью у писателя Владимира Солоухина, ценителя икон и грибов. Я обратился к Солоухину, поскольку он болел раком и выздоровел. Писатель пересказал мне эпизод из своего романа. В этом эпизоде пассажир пригородного поезда говорит случайным спутникам, что если бы он точно знал, что умрёт через неделю, то он мог бы запросто зарезать полдюжины пассажиров электрички, а после, уже в тюремной камере, зело борзо умереть. Или мог бы поджечь дачу ненавистного соседа и скоропостижно скончаться.

Сюжет как сюжет. Но есть варианты проще. Кто не знает, что старость – это Рим. Она приходит в белом халате или в прокурорской мантии. И адвокат тебе не поможет. Что же делать, если приговор обжалованию не подлежит? Срубить головы Лернейской гидры? Сжечь храм Артемиды?

«Думай, думай, — говорю я себе. — Пришло время собирать боровики, лисички, рыжики, грузди и опята. Пришло время показать язык кумирам».

Остаться в памяти

В Черновцах на улице Ольги Кобылянской есть кафе Віденська (венская) Кав'ярня. Кофе в нём подают в чашках с логотипом, изображающим юного турка в феске с кисточкой. Этому логотипу сто лет. Его придумали для австрийского компании Julius Meinl. Черновцы живут сразу в нескольких календарях. Они помнят, что когда-то назывались Czernowitz.

Жители города – это люди. Так считают жители. Но у города на этот счёт свои соображения. Для города его население – это улицы, площади, переулки, тупики. У города своя память. Люди могут относиться к памяти города как оккупанты или делать вид, что до них города не было. Что возьмёшь с варваров? Но и они иногда робеют.

Черновцы – мой родной город. У него крепкая память. Его улицы носят имена гениев места: буковинского поэта-фольклориста Ю. Федьковича, украинского модерниста В. Стефаника, румынского классика М. Эминеску, чешского архитектора Йозефа Главки, писательницы Леси Украинки, еврейской актрисы Сиди Таль, австрийской поэтессы Розы Ауслендер, еврейского писателя Иосифа Бурга, композиторов Володимира Ивасюка и Степана Сабадаша. Писателям Паулю Целану, Грегору фон Реццори, императору Францу-Иосифу и песне «Хава Нагила» установлены памятники. Даже у советской власти не поднялась рука переименовать улицу Гёте и парк Шиллера.

Национальная память может вступать в противоречие с памятью города. В Черновцах такое случалось. За несколько столетий у города менялась национальная память: австрийская, румынская, советская, теперь пришло время украинской, надеюсь, навсегда. Когда-то Черновцы казались украинцам заграницей. Как писала Леся Украинка в письме русскому писателю Евгению Чирикову в 1901 год: «Уеду за границу, на Буковину, авось там немного поправлюсь. Адрес мой будет: Oesterreich, Czernowitz, Str. Nowyj Swiat , 61, bei Frl. Olga Kobylanska».

То, что было для Леси Украинки заграницей, - моя малая родина. Ольга Кобылянская едва ли не каждый день ходила по улице, позже названной в её честь, поскольку жила по соседству. Теперь штрассе Nowyj Swiat называется улицей Т. Шевченко. Краеведы знают номер дома, где Кобылянская снимала квартиры: 82/83. На той же улице жил австрийский писатель Георг Дроздовский.

Переулки впадают в улицы, улицы – в площади. Черновцы всегда были городом полу- и четверть- кровкой. Другими словами, городом родовитым, без национальной спеси, хотя, по словам Леси Украинки, в Черновцах шла «глухая борьба племён» . У города, в отличие от людей, крепкая и долгая память. Он помнит нас. Пусть он помнит нас не чужаками, а своей роднёй.

На́ ухо

Человек – это подкаст. Человечество – это радио, а человек – подкаст. Что это за жанр? Это сбоку припёка. Он сам по себе, вне "объективных новостей, аналитики, репортажей". Подкаст можно включить, выключить и снова начать слушать с оборванного полуслова.

Радио – это проспект, подкаст – двор, где дети играют в "море волнуется раз", соседи кричат молодым "горько!", а старики, не мигая, смотрят на приближение неминуемого будущего.

Радио – это акустическая живопись в стиле Ренессанса, а подкаст – это малые голландцы. В состав слова натюрморт входит слово «мёртвый». Голландцы говорят цветам, дичи, вину, посуде «замри». Подкаст может работать с птицей, но она летит, с вином, но оно льётся, с цветами, но они пахнут.

Голос вдыхает жизнь в предметы. В голосе дышит жизнь, в картине живёт смерть. Подкаст работает с обеими стихиями: он дышит в рот смерти, и она откликается дуновением, эхом.

Кино не сразу стало искусством.

Подкаст – это личный, интимный подвид радио. Как мне ещё признаться в любви к шороху, бормотанию, стону волн Космического океана?

Герой моего рассказа

Преклонять – это опускать долу. А долу – в родстве с долиной, а долина – это низина. Так что преклонный возраст бодро ковыляет вниз.

Семёрка великолепна только в юности. А когда тебе за 70, то цифра семь кажется одно- и кривоногой. Хотя... Семь цветов радуги, семь нот, семь римских холмов. О, холмы – это на злобу возраста.

Нет памятников мертвее литературных. Герой моего рассказах предпочёл бы плоское надгробие с именем на латинице. Лучшего места мёртвому языку не найти. Почему плоское? Чтобы на него падали дождь, снег, листья с позолотой, а если повезёт – град. Тук-тук-тук. Кто там? Открывай. В ответ пепельный шёпот: «Нет у меня отмычки». Град уходит, вместо себя оставив веселку. Веселка – по-украински радуга. То-то будет весело.

Да, какие синонимы к слову «преклонный»? Сутулый? Согбенный? Гнутый? Чем гнутый? Годами? Прогрессирующей дегенерацией? Сидячим образом смерти?

Физиотерапевт говорит: «Располагайтесь. Спиной кверху. Обопритесь коленями и локтями на койку и, чередуя вдохи и выдохи, выгибайте и разгибайте спину». Герой моего рассказа вспоминает стихотворение Рильке «Пантера», её, пантеры, мягкую поступь и сильные лапы (Der weiche Gang geschmeidig starker Schritte).

«Всё, вставайте».

Герой моего рассказа пружинисто спрыгивает, набрасывает шкуру на голый торс и выходит на улицу. Не разбегайтесь. Пантера не голодна. Она вкрадчиво рычит стихи Гумилёва.

Потери в мёртвой силе

Название поэмы Гоголя «Мёртвые души» вызвало в России у глубоко верующих людей естественное чувство неприятия, ибо Спаситель своим мученическим примером указал путь к воскрешению души.

Русская классика шагу не может ступить без описания кладбища. Только у Ивана Бунина литературоведы насчитали упоминание более пятидесяти кладбищ и погостов. Чаще всего русские писатели рисуют удручающую кладбищенскую картину: покосившиеся кресты, стёртые имена усопших, заросшие лопухом могилы, печальные осины и берёзы, сгорбленные фигуры матери и отца у надгробия сына или дочери. Разве что А. Чехов с воодушевлением описывает уютное зелёное кладбище (повесть "Степь"). Писатель-врач на прошлое смотрел с оптимизмом.

Но есть у русских классиков и возвышенные строки:

Счастливцы! Высшею пылали вы любовью:
Тут что ни мавзолей, ни надпись – всё боец,
И рядом улеглись, своей залиты кровью,
И дед со внуком, и отец.

Это строфа из стихотворения А. Фета «Севастопольское братское кладбище». В ней торжественно звучит патриотический пафос.

Уже после оккупации Россией Крыма и Донбасса я побывал на кладбищах в Черновцах и в Харькове. В Черновцах погибшим украинским солдатам отведено почётное место, их могилы на виду. На харьковском кладбище солдат хоронили где-то на самом краю, у чёрта на рогах.

Похоронить умерших, в том числе и солдат, долг живых. Телами непогребённых русских солдат усеяна земля Восточной Украины. Теперь Восточная Украины – это кладбище бесславия и унижения русского настоящего и будущего, «и деда с внуком, и отца».

Осень прошлого века
(Из памяти компьютера)

* * *

Спящий, но не потухший.
Скорее соня или лежебока.
Дрыхнул пару тысячелетий
и даже не посапывал.
Про него говорили:
«Наш-то вулкан смирный,
совсем ручной».
До снов его никому не было дела,
даже местным гадалкам.
А напрасно. Теперь-то ясно,
что ему снилось,
и не «что», а «кто».
Лава подступала из земной мантии,
и когда подступила,
он заговорил человеческим голосом
на латыни,
потому что это был его родной язык,
Te amo.

* * *

На Рождество она принесла ему
три красных пластмассовых треугольника:
15-сантиметровых,
и пригоршню выцветших каштанов.
Он сказал спасибо, хотя не понял почему.
Потом вспомнил,
как написал ей в сентябре:

«Вот это щедрость! У меня теперь пазуха набита
каштанами. Они щекочут, холодят живот. У нас
любовный треугольник: Третья - осень».
Она ответила, что ничего не поняла,
и кто эта Третья?
Он ответил: осень.
Тогда она написала, что сама выберет Третьего,
мужского рода, например воздух,
потому что они дышат тем же воздухом
и друг другом: рот в рот.
Он согласился на компромисс
и выбрал Третьего среднего рода: вино.
И пообещал, что они будут
по древнегречески переливать вино
изо рта в рот, но долго не глотать.
И вот теперь на Рождество –
три красных треугольника и пригоршня каштанов.
«Какая щедрость, - сказал он
и откупорил амфору хиосского.

* * *

Она спрашивает,
ехать ли ей ночным поездом
в город, где они познакомились в прошлом веке,
и он отвечает: «Зависит от цели.
Если это свидание с прошлым,
одетым в тот же серый плащ,
который я когда-то носил,
и с теми же таблетками от бессонницы
в кармане пиджака,
то не стоит.
Но если это новое,

неношеное свидание,
то и подавно не стоит.
Пусть оно приедет ночным к тебе,
как в прошлом веке,
приезжал к тебе я».

* * *

Она проходила мимо,
и я сказал:
не торопись.
Она слегка замедлила шаг,
даже, как мне показалось,
поглядела в мою сторону.
Да, это я говорю:
тебе никто не дышит в затылок,
притормози,
у меня ещё остались кое-какие дела:
два-три поцелуя,
адресованных двум-трём выемкам
в области экватора близости,
да мало ли что ещё,
тебе же начхать на эти мелочи,
а для меня они
и есть смысл тебя.
Эй, жизнь, притормози.
Спасибо, а теперь
иди.

Инцест: побочный эффект.

Во многих языках словосочетание «родной язык» звучит как «mother tongue» (английский), "Muttersprache"(немецкий), "langue maternelle" (французский).

Зигмунд Фрейд, когда-то выдвинутый Томасом Манном на соискание Нобелевской премии в области литературы, придумал множество остроумных определений, диагностирующих всякого рода неврозы. Они запоминаются и цитируются, как стихи. Лично меня тревожит метафора «Эдипов комплекс». Напомню, что так Фрейд описывает ситуацию, в которой молодой Эдип в силу необратимых обстоятельств убивает отца и, не ведая того, женится на матери. Фрейд полагает, что все мальчики испытывают сексуальное влечение к матери и ревность по отношению к отцу. Серьёзные критики психоанализа утверждают, что эмпирически доказать гипотезу Фрейда невозможно. А, к примеру, у дикарей вообще не существует дихотомии «мать-ребёнок».

Моё отношение к «Эдипову комплексу» основано на десятилетиях стихотворчества. Подчеркну, что мой случай и выводы носят частный характер. Я действительно считаю, что отношения поэта и языка – это своего рода инцест. Поэты – взрослые люди, сохранившие половое влечение к материнскому языку, и в первую голову – это оральное влечение. В 1924 году Фрейд возвращается к своей теории, чтобы – цитирую – «расставить точки над i». Другими словами, он обращается к алфавиту. Я тоже, благодаря поэзии снова и снова возвращаюсь в материнское лоно, пусть и фигурально, в лоно материнского языка. Эротика в художественной литературе – это прежде всего особые отношения поэта с языком, смысл которых заключается в чувственном проживании языка поэтом и поэта языком. В объятиях поэт и язык меняются местами, неугомонно ищут новые позы, трут друг друга, пока искры не посыплются в глаза читателю, творят смыслы в движении, скольжении, слиянии.

В результате инцеста стихи наследуют общие гены, в том числе и скрытые дефектные гены. Поэзия – это возвращение в лоно языка. Стихи – это дефективные дети. Потому мы любим их всей душой.

P.S. Да, дикари стихов не пишут.

Экскурсия в детскую больницу

* * *

Это в японских и американских фильмах
реалистично показываю,
как увольняют сотрудника.
Из-за спины подходят два мордоворота
в чёрных костюмах и при галстуках,
вежливо просят выключить компьютер
и последовать за ними.
Кто бы сыграл меня в этой ситуации?
Луи де Фюнес?
Он мгновенно приклеил бы себе пейсы
и был таков. Каков?
· Или Вицин в мятой соломенной шляпе,
как будто в ней всё дело.
Ну а если Брюс Ли?
Он даже не встаёт с кресла,
а мордовороты уже летят в разные стороны,
машут руками,
сбивают компьютеры коллег,
и только мой компьютер подмигивает мне
и – не поверите – хохочет.

* * *

Вот сюда, пожалуйста,
на бирку не обращайте внимания.
Всё просто: опознайте тело,
если вы его узнаёте.
Ну-ну, влип.
Хотя, если я скажу «нет, не узнаю»,

64

это ничем не чревато.
Никто не уличит меня во лжи
или пренебрежением обязанностями
законопослушного гражданина.
Я гляжу на бирку, привязанную
к большому пальцу ноги.
Имя, мягко говоря,
знакомое, даже очень.
Странно, что я ничего не испытываю.
Не ожидал от себя такой чёрствости.
Разве вспомнить нечего?
Или так много всего,
что трудно начать?
Конечно, что-то часто забывалось,
всякие маленькие альцгеймеры:
забыл, где очки,
какую книгу читал,
но это же так, мелочи,
с кем не случается.
Кажется, пора отвечать,
иначе моё молчание неверно истолкуют.
Не так ли?
Да, говорю я, это я.
Нужно подписать протокол?
Блин, где же мои очки?

* * *

Он даёт мне визитку и говорит:
«Если что-то вспомните, звоните в любое время».
«Если»… Да я много чего помню.
Алекс давно говорил,

что хочет от неё избавиться.
И вот теперь. Но это не по моей части.
А что по моей?
Да, я любил Анну. И она меня.
Так мы говорили друг другу.
Алекс как-то не принимался в расчёт
Вроде они жили на разных этажах.
Анна даже привела меня однажды
домой и показала свой этаж,
а на его я не поднялся.
Зачем?
Она сварила тогда кофе,
и я оценил фарфор,
английский Wedgwood.
Но больше никогда не бывал у них.
Мы встречались у меня в лофте,
летом было душно,
но мы были жарче лета.
Дышали друг другом,
как лежачие больные кислородом.
Я думал, что Алексу всё фиолетово,
разноэтажные супруги,
был уверен, что у него кто-то есть.
Но чего-то я не просёк.
Даже не знаю чего.
Да, он её давно разлюбил.
Это точно.
«Позвоните, если что-то вспомните».
Нет, не позвоню. Что я помню?
Разве что мелочи,
как слизывал испарину над её губой,
или как одновременно перехватывало дыхание,
а после снова дышали, словно и не умирали.
Но кому это всё нужно?

* * *

Году в 75-м... или в 76-м
к нам в Киев приехала подруга
из Германии, Западной,
и, уезжая, сказала:
- Вы не замечаете, но вы в депрессии.
Мы знали своего Левиафана,
но диагноз себе не ставили.
В Киеве пахнет кофе,
льётся вино, плечи оголены.
Комендантский час начинается только в 00.00.
Здоровая психика
реагирует на войну депрессией.
Вяло- или бурнотекущей,
зависит от темперамента.
В общем, с психикой всё в порядке.
Спокойны только психи.

* * *

Когда вы видели её в последний раз?
Во сне, комиссар, во сне.
Знаете, мы жили в разных
странах и в разных детствах,
но во сне встретились.
Через лаз в заборе залезли в чужой сад,
даже слегка поцарапались,
она была в белых гольфах,
а яблони были в извёстке по колено,
она вскарабкалась на дерево,
я старался не смотреть вверх,
потому что она была в юбке,

ветки ломились от яблок,
они были зеленовато-белые
с тонкой, прозрачной кожицей.
Потом пришёл сторож с дробовиком
и велел ей идти в сторожку.
Я прокрался за ними.
Сторож поставил дробовик в углу.
Я взял дробовик, вскинул к плечу и…
Сон оборвался,
и на экране замелькали
большие буквы, шары, треугольники.
Где вы были вчера между
23.00 и 24.00?
В саду, комиссар, в саду.

* * *

Незадолго до окончания войны,
не этой, а Второй мировой,
американская разведка,
она тогда ещё не называлась ЦРУ,
обратилась к писателю Э. М. Ремарку
с просьбой написать рекомендации
по перевоспитанию мирных немцев.
Это идея Ремарка
водить мирных соотечественников
на экскурсии в бывшие концлагеря.
На фотографиях они стоят в очереди,
не толкаются, взгляд не отводят.
А как же с этими? Куда их вести?
Они как дети малые.
Тогда в детскую больницу в Киеве.

Самая суть

Поэты часто отождествляют себя с частями речи или знаками препинания. В позапрошлом веке я знал одного русского поэта, который считал себя глаголом, потому что глаголом можно жечь сердца, особенно женские. В прошлом веке я был знаком с английским поэтом, который возглавлял Общество защиты герундия. Напомню, что герундий – грамматический гермафродит, сочетающий признаки существительного и глагола. Возможно, у англичанина эта привязанность была связана с его широкими сексуальными горизонтами. Великий литовский поэт однажды признался мне в нелюбви к многоточию: «Что они о себе возомнили, эти безликие пятнышки!».

Моя слабость – неправильные глаголы. Почему? Они упрямо настаивают на своей единственности. Они не желаю спрягаться по приказу и по общим правилам. В украинском языке их горстка, но зато какая! Без них и шагу не сделаешь? Бути, дати, їсти, вісти (производное от последнего – розповісти!). В английском часто употребимых неправильных глаголов – около двухсот. Их надо выучить наизусть, как стихи в школе. В немецком их называют «сильными» благодаря радикальной (сильной) смене дифтонгов, умляутов.

Все неправильные глаголы отдают архаикой, они чем-то похожи на староверов. Но, как известно, где архаика, там и авангард. Я – есмь, ты – еси. А вот они – суть. Самая суть.

В горле нож

Сон: ликвидация
В кино эти сцены так похожи,
словно сняты одним режиссёром:
враг дышит в затылок,
солдаты выносят из штаба пуленепробиваемый сейф,
на полу раскиданы документы,
окна выбиты,
капрал ковыляет на костылях к своей смерти,
офицер машет руками, как дирижёр,
ну и прочая хореография паники.
Как будут эвакуировать радио?
И куда? Что ему делать в контейнерах
т. е. в железных гробах?
Кто сообщит об этом в прямом эфире?
Компьютеры завешены, как зеркала,
на полу валяются цифры,
это оцифрованные голоса репортёров и их собеседников.
Повезло тем, кто уже умер,
но я слышу, как они кричат:
«На помощь! Рятуйте!
Оставайтесь с нами!
Враги жгут родную хату!».
Да это просто песня, а не ликвидация.
Себя тоже вижу: пятна пота на спине,
пальцы дрожат, в горле нож.

* * *

Какие там чувства, какие там мысли.
Всё только через язык, его грамматику.
Стоило встретить подругу полвека спустя,
и я вспомнил синтаксис её поцелуев,
их запятые, кавычки,
сослагательные и изъявительные наклонения
и в самом конце
восклицательные,
а в самом-самом конце
вопросительные знаки.

* * *

Это был дремучий лес
со всех точек зрения пятилетнего мальчика,
хотя назывался лес «парк культури і відпочинку».
Карусель остановилась,
мальчик спрыгнул с деревянного коня
и заблудился.
Он не знал, что кричать,
потому что от звательного падежа сохранились
рожки да ножки,
не знал, что есть украинский «кличний відмінок»
и можно крикнуть «мамо!».
Если бы в русском не усох звательный падеж,
мальчик не испытал бы такого ужаса.
На кого ты оставил меня, отче?
Я с тобой, сыне.

Мой чёрный ящик

Английские и американский лётчики за считанные секунды до катастрофы кричат Shit! Немецкие кричат Scheiße! В обоих словах слышишь «шасси». Оно заклинило. Об этом свидетельствуют чёрные ящики. Я хочу носить чёрный ящик, пусть маленький, с ладанку, у себя на груди. Мало ли что, много ли что. У патологоанатомов свой интерес, а у меня свой. Мой старый, теперь уже вечной друг, философ и буддолог, мечтал наблюдать за своей смертью, умиранием, так сказать, «отрефлексировать процесс». У него не получилось. Упал и не отрефлексировал. У меня нет такой мечты. Но мало/много ли что. Вдруг я падаю посреди улицы или хватаюсь за соломинку в баре и понимаю: это последняя минута, и у меня есть крохотный чёрный ящик. Что я скажу? Ну точно не shit. Хотя внуки скорее поняли бы английские слова. К кому мне ещё обращаться? Допустим, я бы успел сказать им: «ничего не бойтесь». Но на каком языке? И вот я падаю на улице или хватаюсь за соломинку в баре. У меня на шее висит чёрный ящичек, и вместо того, чтобы сказать главные слова внукам, я думаю: на каком язык? В цене каждое мгновенье, голос гаснет, горло замирает. И тут я выпускаю шасси. Shit! Scheiße! Шшшш!

Музейное дело

Сгущалась мгла. Мороз крепчал.
Пробило пять утра.
—Я поведу тебя в подвал, —
Сказала мне сестра.

Название «Музей моря» противоречиво, оно звучат как оксюморон. Музей – это статика, посмертная маска, жизнь в консервах, а море – вечный двигатель, бессмертие, рассадник ветров. В галисийском «Музее моря» есть много всякого добра: скелет акулы, подвешенный к потолку, водолазы в шлемах с иллюминаторами, шхуна и подводная лодка в натуральную величину, золотые и серебряный слитки из затонувших галеонов, большой аквариум, фотографии рыбаков и рыбачек. Нет только жизни моря. Я попробовал представить себе «музей гор» или «музей пустыни», но понял, что никакой музей природных явлений не в силах передать душу природы. Разве возможен музей рассветов и закатов, молний и громов, дождей и градов? Зато картины, рисунки, скульптуры чувствуют себя в музее как дома: им не искусственное дыхание. Они сами дышат жизнелюбием и верой в будущее. Я хорошо помню мосластых евангелистов Эль Греко, похожих на баскетболистов в последние минуты матча. Ещё помню брейгелевских охотников в промокших сапогах с длинными голенищами и свору их изголодавшихся псов в музее в Вене. Много лет назад я побывал в другом венском музее и написал о нём несколько строк.

МУЗЕЙ ВИНА

По скользким ступенькам я спустился в Музей вина. Это было маленькое отсыревшее помещение, беспорядочно заставленное чанами, бочками, сообщающимися сосудами, прессами, старыми бутылками в паутине. От него веяло запустеньем, прошлогодним снегом, затхлыми воспоминаниями. Пахло кислятиной. Это не был запах вина с его задиристостью и живучестью. Музей вина казался не музеем, а кладбищем. В нём не было даже смотрителя. Я поднялся наверх и вышел в зелёный сад. Сызнова услышал шелест листьев и облаков. Что-то меня задело, встревожило в музее. Вечером я понял что. Я представил себе Музей любви с его гербариями, эхом голосов, испепелёнными письмами, следами губной помады. Мысленно я начал подыскивать помещения для этого музея и, в конце концов, понял, что ищу напрасно. Этот музей располагался во мне. Располагался основательно, всерьёз и надолго. Навсегда.

Капитан Немо переправляет нелегалов в Аргентину

Я не сразу понял, почему все на меня смотрят: у меня не было зонтика. Здесь все даже в солнечную погоду при зонтиках. Мало ли что. Я трусливо купил зонтик, но впопыхах промахнулся. Оказывается, здесь о человек судят по качеству зонтика. Самый дешёвый – из кожи трески, самый дорогой – из пупырышка кальмара. Есть такое галичанское слово: мжичка. Означает моросящий хронический дождь. Галисия этимологически даже не дальний родственник Галиции, но мжичка у них общая. Хотя у галисийской запах и привкус Атлантического океана.

Адрес корзинщика Фабрисио мне дали надёжные люди, имена которых я не могу назвать. «Это в Старом городе, - сказали они, - улица называется Cesteiros. Фабрисио поймёт, что я от надёжных людей, если я насвищу местную песенку «somos probes cesteiros, cestos que compoñer...». Что-то про славных корзинщиков. Я прошёл кручёными улицами Старого города, но сдуру заглянул сначала к канатчику, а после к верёвочнику. На мой свист они не откликались: решили, что я турист-мудак. Всё же Фабрисио я отыскал, и он, услышав песенку, как было условлено, прикоснулся к бумажной серьге в левом ухе. Для разминки мы поговорили о лозоплетении. Он показал мне десяток хлебниц, шкатулок, шляп, вершей, морд, мерёж и лаптей из ивовых прутьев. Я спросил, есть ли у него шляпы из виноградной лозы.

– Любите наше альбариньо? – Спросил корзинщик.

Я причмокнул языком. Он извлёк из-под при-лавка бутыль в плетёной корзине и разлил нам по бокалам вино соломенного цвета. Фабрисио поднёс бокал к носу. Мне казалось, что он принюхивается ко мне. Неожиданно он спросил:

– Вы знаете, что в гробнице Тутанхамона археологи нашли хорошо сохранившиеся плетёные стулья?

– Да, прутья куда надёжней металла. Помните кухонный «Натюрморт с артишоками, редисом, спаржей, сливами и персиками в корзине»?

– Ну как же! Это Якоб ван Хюльсдонк, 17 век. Антверпенская школа. Фрукты у него с гнильцой, но корзины отменные, хоть гроб из них плети.

– Так когда и где я могу встретиться с капитаном? – Прервал я наши пируэты и реверансы.

– Разумеется, у памятника месье Верна, восседающего на великанском кальмаре, найдёте?

– Да, это на набережной, возле Морского клуба.

Прощаясь, я купил у Фабрисио соломенную шляпу и бумажные серьги.

* * *

Я вернулся в гостиницу и переоделся. Обул резиновые сапоги, надел куртку из биссуса, подбитую тюленьей кожей, нахлобучил бобровую шапку. Каково же было моё удивление, когда я увидел капитана во фраке из дорогого светлого сукна, тёмном жилете, белой сорочке с жёстким воротничком и шейном платком, заколотым булавкой в виде виноградной грозди. Капитан опирался на элегантную трость из чёрного дерева с набалдашником из слоновой кости. Лицо у него было волевое, открытый лоб, ровные зубы.

– Выпьем за знакомство? – Сказал он и вытащил из внутреннего кармана флягу. - Это вино Мариони. Из каких-то тайников памяти я извлёк имя Мариони, корсиканца-химика, смешивавшего бордо с листьями коки. Мы отправились на рынок Mercado и там нашли устричную с пятнами сырости на стенах. Там я впервые оценил обаяние сырости.

Непременная облачность, горькие осадки. В пику им главная площадь города называется Пуэрта-дель-Соль (солнца). Здесь малолетки связывают вместе три зонтика и на воздушных салазках, как литературные персонажи, летают к бухте. Но сегодня над площадью никто не кружил. Столики тоже пустовали, даже официантов не было видно. Мимо пробежал, тяжело шлёпая ластами, водолаз. Он кричал: «Все в порт! Naufragio! Кораблекрушение!». Я раскрыл зонтик величиной с тент и полетел в порт. В трёх кабельтовых от клуба Náutico тонул пятипалубный круизный парусник. Края его парусов развевались, как белые флаги, сотни три туристов уморительно барахтались в воде, кое-кто уже ушёл под воду и привлёк внимание сини акул. Люди шёпотом повторяли: «Он, он, снова он...кракен». На дне памяти я выловил это слово. В наши дни лётчики рассказывают о летающих тарелках и прочих НЛО. А в далёкие суеверные времена корабелы, кормчие, пираты называли кракеном морское чудище огромных размеров. Даже такой серьёзный учёный как Карл Линней внёс его в каталог рыб и гадов, хотя в конце концов усомнился в его существовании. Ещё я вспомнил сонет А.Теннисона «Кракен»:

Below the thunders of the upper deep,
Far, far beneath in the abysmal sea...
(Под громокипящими волнами,
Во глубине, в прорве морской...).

Ещё очевидцы утверждали, что у кракена были рога, напоминающие «корни вырванного из земли дерева». Этот образ не так уж фантастичен: разве осьминог не похож на эти самые корни дерева?

Я шёл вдоль океанской набережной, закутанной в туман. Иногда из него выныривали загорелые матросы в обнимку с женщинами ветреного пове-дения, но оглянувшись, я терял их из виду и шептал: так вот ты какая, фата-моргана.

Поэт А. Блок писал «О, Русь моя! Жена моя!». Мало ему было сделать несчастной реальную жену. Художник А. Гитлер назвал Германию невестой. Не женился, но вдовой сделал. Я спросил капитана, как он переправил чету Гитлеров в Аргентину. Вот вкратце его история.

«Незадолго до эвакуации Гитлеров в Виго из Дании прилетела важная персона: верзила со шрамом в пол-лица. Он привёз чемодан с рейхсмарками. Стояла весна 45 года. Я прямо сказал, что мне эта макулатура не нужна. Вскоре мне привезли золото, бриллианты, самаркандские ковры, флорентийские клювовидные туфли. 30 апреля на самолёте "Кондор" в Виго прилетели Гитлеры. Нам предстояло провести вместе около двух месяцев. Я отдал им салон и библиотеку. Фрау Гитлер переоборудовала библиотеку под кинозал. Смотрела немецкие и американские фильмы, меняла наряды два-три раза в день. Гитлер почти всё время молчал, он не знал ни одного языка, кроме немецкого. На берег в порту Ла-Плата он сошел не попрощавшись. Евочка, так он её называл, поблагодарила меня по-французски. Их драгоценностей и курьёзов мне хватило на жизнь до начала 60-х. После я начал перевозить нелегалов из Виго в Аргентину, но вы это знаете, иначе не нашли бы меня. Так что у вас за дело?».

Я сказал, что привёз русских дезертиров, не желавших воевать с Украиной. Мы сговорились о цене, и он назначил дату отплытия.

* * *

Они вылезают на пристань под визжание волынок, дребезжание тамбуринов, рваное сипенье дудок и скрип колёсных лир. Понемногу к оркестру подмешиваются хрипы и лай толпы. Невозмутим только бронзовый Жюль Верн, в честь которого на пристани проводя шествие самые живописные подводные образины: гребешки, полипы, осьминоги, омары, королевские крабы, семьи и родичи иглокожих. Жюль Верн в родстве с ними: он словно покрыт зеленоватой тиной. Его башмаки на кнопках ещё не просят каши, но это дело времени, сюртук застёгнут только на верхнюю пуговицу, колени до блеска стёрты неугомонными детьми, обожающими путешествия и приключения. В первом переводе на русский роман о капитане Немо назывался «Восемьдесят тысяч верст под водой. Путешествие под волнами океана». На русский роман перевела украинская писательница Марко Вовчок. В 2025 году я слышал голоса украинских детей-беженцев, протиравших бронзовые колени Жюля Верна. В Виго писатель сидит на кальмаре с четырьмя щупальцами. Думаю, что в конце концов Жюль Верн превратится в этого кальмара, последовав примеру персонажа другого фантаста, Франца Кафки. Корзинщик Фабрисио сплетёт для его вылова вершу, морду или мерёжу.

* * *

Утлые балконы Виго – это чистая и бессмысленная красота. На них не сушат бельё, не ставят горшки с цветами, не хранят банки с рассолами. Но пожив несколько дней в Виго, я понял их смысл: на балконы выходят с утра, нюхают воздух и понимают, какой плащ, бескозырку или парусиновую рубашку надеть. День начинается с балкона. Грубоватое немецко-русское «не кантовать» не к лицу

Виго. Ему созвучно FRAGILE. Здесь всё хрупкое: окна, волны, улыбки сеньорит.

* * *

В силу метеоусловий и рассеянности я не могу закончить свой рассказ. Пока я гулял по набережной сонной бухты Виго, ветер распахнул дверь моего балкона и в соавторстве с мокрым туманом стёр половину написанного. Узлы развязались, прутья расплелись, лапти промокли. Somos probes cesteiros, cestos que compoñer... Читатель вправе доплести недоплетённое плетельщиком и отправиться в путешествие вместе с капитаном и его пассажирами. Где путешествие, там и приключение, а где приключение, там и фантастика. Но (пред)последнее предложение, кажется, занесло в рукопись галисийским ветром coriscada из другого рассказа. Уже не вспомнить какого.

«Харя Средневековья»

В Гугле в разделе «Скончались» я прочёл сегодня, что 29 января 1951 года в Москве умер Валентин Парнах. Ему было 59 лет. О нём можно найти статьи и воспоминания в том же Гугле. Парнах был вечным авангардистом, поэтом, энтузиастом джаза и джазовым танцором, путешественником, эмигратом-парижанином, возвращенцем. Но я тотчас вспомнил о его книге переводов «Испанские и португальские поэты, жертвы инквизиции», изданной в 1934 году советским издательством Academia. Задолго до этого в царские времена Парнах называл Россию «харей Средневековья». Вот какое стихотворение из книги я вспомнил:

Может статься, любит вся
Публика другой род смерти.
Я же кончить так, поверьте,
Никогда бы не взялся:
Сдохнуть, в воздухе вися,
Будто гроздья винограда?
Нечего сказать, награда!
Нет, смертишка, нет, ни в жисть
Не повисну, будто кисть,
Глоткой вниз, о нет, не надо!
(Неизвестный автор XVIII век)

Лично я за объективное исследование истории, без навязанных ей современных моральных, гуманистических и прочих ценностей. Но всё же хочу напомнить, что процедура изгнания, высылки, огульного обвинения известна истории уже тысячи лет. Мавров, иудеев, морисков и марранов выдавливали из Испании более столетия. Их пытали кипятком, шипами, раскаленными углями, дыбами, крюками, пилами, каленым железом, бессонницей, сжигали заживо либо после удушения (последнее – для раскаявшихся), причем сжигали и семьями, и поодиночке, запрещали говорить на родном языке и посещать бани, заставляли детей доносить на родителей, насильно переодевали в испанскую одежду либо приговаривали к пожизненному ношению "покаянного облачения" (habito), давали "правильные" имена вместо прежних, не позволяли красить ногти хной, есть кускус, осыпать сладостями жениха и невесту, приписывали им преступления против христиан, в том числе похищения младенцев, установку железных капканов на улицах, осквернение крестов. "Дела врачей" тоже были в ходу: "неверных" лекарей сплошь и рядом обвиняли в отравлении католиков. Христиан же, укрывавших неверных у себя дома, жестоко карали. На сборы изгнанникам давали три месяца – по меркам XX века, можно сказать, по-божески. Свидетельства обо всем этом можно найти не только в обвинительных актах и приговорах инквизиции, но и в стихах (см. выше).

Сегодня же я прочёл свидетельства украинки о пытках в русском плену: "...мне лично пилил зубы напильником начальник тюрьмы ИЗОЛЯЦИЯ в Донецке садист Евдокимов. Он же выкручивал мне соски и пытался засунуть бутылку во влагалище...".

Читать это невозможно, но я прочёл до конца. Читал и думал о «харе», которую в далёкие времена разглядел Валентин Парнах.

Суп из абрикосовых косточек

Даже на лучших автопортретах

мы не видим процесса умирания художника.

Почему? Потому что умирающий не в силах

держать кисть или карандаш в руке.

Поэту хорошо:

слова теряют сознание, но приходят в себя,

сперва свернутся калачиком,

повернутся лицом к стенке,

а после попросят чего-то вкусного,

оживятся, хрипло хохотнут.

Хотя у Арнольда Бёклина есть

«Автопортрет со Смертью,

играющей на скрипке».

Но он был символистом,

его смерть щерится, но смеха не слышно.

такую смерть разве услышишь,

хотя Малер услышал

(скерцо из Симфонии 4).

Нет, только слово способно схватиться за сердце и

обмякнуть на глаза читателя,

ну, поэт, что же ты медлишь?

Я привык читать её рецензии,

а теперь прочёл некролог.

Иногда мы сидели неподалёку

в хэмпстедском кинотеатре Everyman,

однажды вдвоём на весь зал.

Она всегда была одна.

Насколько я знаю,

ни мужа, ни детей у неё не было.

Я помню её рецензии и какие-то цитаты:

«Балет как метонимия эротики»,

«В фильме «Пианино» эротика сродни музыке»,

«Маскулинная любовь в духе Ахилла и Патрокла у Фасбиндера так хороша,

что начинаешь завидовать его персонажам».

Я даже хотел подойти к ней,

раскланяться, но это было бы

не по-английски. И вот теперь пишу

то ли рецензию, то ли obituary, то ли воспоминание.

"Эвримену" будет её не хватать.

* * *

Приговорённых к высшей мере собрали

за большим столом и подали три блюда:

суп из абрикосовых косточек,

кровавый стейк и шоколадный торт.

Все ели с аппетитом.

Я спросил, нет ли вина или текилы.

Мне не ответили.

Мы знали, что одно из яств отравлено.

Я постарался получить удовольствие

и получил. В последнюю минуту понял,

что яд в торте: он был скорее горек, чем сладок.

Уход был похож на таяние жизни,

или на горячую струйку стеарина на щеке,

или...тут слова поте...

* * *

Однажды я спросил:
- Вы сдаёте кровь на анализ?
Вопрос был бестактный,
но всё же кое-какие права у меня были:
мы время от времени ужинали семьями.
Это были, так сказать, грамотные ужины,
он был автором поваренной книги,
а я «Красного сухого».
Мы подробно обговаривали меню,
что к чему, и в какой последовательности.
Но на мой вопрос он ответил резко:
- Сахар, печень, холестерин perfetto.
Почему он сказал неправду?
Теперь я пишу о нём в прошедшем времени.
Сдавайте кровь на анализ!
Анализируйте её.
Она красноречива.
Публикуется на правах рекламы.

* * *.

Она так боялась,
что я умру во время объятий,
что в конце концов бросила меня.
Я говорил,
как ты это представляешь:
грудная жаба хватает меня за грудки,
и я задыхаюсь, захлёбываюсь?
Так вот, её страхи оправдались:
я умер в объятиях другой женщины,
то ли дублинки, то ли гибралтарки.

* * *

Постараюсь кратко изложить суть дела.
Разве каждое стихотворение – не суть дела?
Джиму в наследство от умершей жены,
кажется, её звали Кэрол,
досталось несколько гектаров
земли на юго-западе Австралии.
Естественно, после её (Кэрол) кончины
он предъявил права на эти га.
Австралийский суд потребовал свидетельство,
что он не убил жену (Кэрол).
Адвокаты развели руками,
и Джим описал последние недели жизни жены (Кэрол):
имена сиделки, патронажной сестры, общих друзей,
включая меня.
Суд принял решение в пользу Джима.
Когда мы обмывали его победу,
я спросил по-английски: «Так ты её не убивал?».
По-русски это прозвучало бы бестактно,
а английский язык по своей природе вежливый.
Джим ответил: «Она очень мучилась
и просила меня отравит или задушить её.
Я отказал, и тогда она сказала: ты трус».
А я вот что подумал:
спасибо, мама, что ты умерла в хэмпстедской больнице,
иначе мне пришлось бы доказывать,
что я тебя не отравил и не задушил.
Простите, что не получилось кратко,
я старался, потому что знаю:
стихотворение – это суть дела,
А всё прочее blah blah blah.
* * *

Одна из последних записей в его дневнике была такая:

«Сделал то, чего прежде не делал. Посмотрел в YouTube

ролики о самых чувствительных местах женского тела.

Оказалось,

запястья, позвонок, ушная раковина и т.д.

Зачем мне всё это?

Никаких женских миражей

на горизонте нет.

Но, может, пригодится в прошлом?».

Не знаю, включать ли эту запись в статью о нём?

Музейные ценности

Из-за угасания зрения я часто посещаю Музей обоняния. В филармонию я не хожу: как-то неловко стуча палкой о паркет и тормошить соседей по ряду. Зато в Музее обоняния я среди своих. В этом музее один большой зал с боксами разной величины. В каждом боксе - отверстие для носов разной конфигурации. У меня нос стандартный, и я сую его, не рискуя поцарапать. Посетителей в зале мало, обычно они с палками, тростями или с собаками-поводырями. Лично я начинаю визит с ящика «Белый налив». Я знаю, что многие предпочитают антоновку, Золотой ранет, австралийскую Бабушку Смит, но для меня лето и школьные каникулы начинались с Белого налива. У него был летучий запах, обещавший короткую пору июньских гроз и тревожных сновидений. Кожура Белого налива была такой тонкой и ранимой, что прикосновение пальцев оставляли на ней тёмные ссадины. Их я любил больше всего.

Второй бокс пьянит меня запахом навоза. Я вырос в городе и всю жизнь, точнее несколько жизней, прожил в городах. Запах навоза будит во мне прошлое, о котором я не знаю. Какие предки дёргают меня за усики и антенки, я тоже не знаю: те, кто когда-то жили в Померании или на Слобожанщине? Да, навоз – это мой чувственный перегной, память, которая куда старше меня.

Есть ещё один бокс, куда я всегда сую нос. Это запах бордоских вин. Я открыл его в эмиграции, так что никакие детские или наследственные ассоциации меня с ним не связывать. Нет, каберне совиньон и мерло – это терпки запах свободы. А что такое свобода? Это брожение, исход которого предсказать невозможно.

Я знаю, что обоняние столь же недолговечно, как и зрение. Но я не унываю. В моём городе есть Музей осязания. Мои пальцы подрагивают, мои губы дрожат в предвкушении счастливых открытий.

Алкогольный делирий Хомы Брута

От готической повести Гоголя «Вий» так шибает горелкой, что читатель внюхиваются в каждое слово, как гончая собака. «Гончая собака» — это образ из «Вия». Читатель же, это я о себе в третьем лице, по запаху ставит диагноз тексту: алкогольный делирий. Сопутствуют этой болезни всякого рода галлюцинации. Они могут быть слуховыми: Хома онемел, «слова без звука шевелились на губах», зрительными: «Он дико взглянул и протер глаза. Но она точно уже не лежит, а сидит в своем гробе», осязательными: «Старуха вскочила с быстротою кошки к нему на спину, ударила его метлой по боку, и он, подпрыгивая, как верховой конь, понес ее на плечах своих».

Больному часто чудится всякая чертовщина:

«нечистая сила металась вокруг его, чуть не зацепляя его концами крыл и отвратительных хвостов». На больного нацелены клещи и скорпионные жала. Под волчье завывание к Хоме приближается чудище с длинными веками, опущенными до самой земли.

— Подымите мне веки: не вижу!

Больной полностью утрачивает чувство реальности и героически борется с нечистью. Хома «схватил лежавшее на дороге полено и начал им со всех сил колотить старуху».

Очнувшись, больной может на время прийти в себя. Приступ, как правило, длится от 3 до 5 суток. У Хомы он длился четверо суток и завершился летальным исходом.

Справедливости ради добавлю, что поэт Иннокентий Анненский упоминал сюжето-образующую роль «пьяного сна» Хомы, а писатель А. Ремизов полагал, что сцена в церкви написана «с пьяных глаз». Но современная медицина позволяет найти более точные термины для описания физиологии гоголевской повести.

Полтысячи и одна ресница

Эту книгу мне когда-то подарил один московский поэт-переводчик. Было это полвека назад. С тех пор я поменял несколько стран и дюжину квартир. Точно не помню, как книга назвалась, может быть, «Глаза газели». Это был сборник классической лирики Ближнего и Среднего Востока: переводы с персидского, арабского и тюркских языков. Были среди стихов и фольклорные тексты. Один из них я помню до сих пор. Даже не сам текст, а название: «Полтысячи и одна ресница». Сюжет стихотворения был в духе времени: юноша-простолюдин влюблён в знатную девушку, его предложение отвергают, влюблённые разыгрывают похищение и бегут в горы, в конце концов, родители соглашаются выдать дочь за юношу, всё завершается свадьбой. Меня в этой истории озадачил один образ. Юноша говорит возлюбленной: «Целую твои полтысячи и одну ресницу».

Кажется, эту книгу я оставил в общежитии Би-би-си в 1980 году. Вспомнил о ней несколько лет спустя, когда подружился с коллегами из Persian Service. Я спросил их, встречался ли им образ «пол-тысячи ресниц». Никто ничего не вспомнил. Я попробовал найти упоминание ресниц в старинной поэзии Востока.

У Низами (около 1141 - около 1209), персидского поэта курдского происхождения, ресницы – образ сакральный:

Каждый взгляд открывал в целый мир

                         неожиданно дверцу.

В каждой черной реснице был храм,

                       предназначенный сердцу.

(Перевод К. Липскерова и С. Шервинского).

У Руми́ (1207-1273), персидского поэтая-суфия, исламского богослова, ресницы возлюбленной рисуют на сердце поэта.

Хафиз (1325 -1390), персидский поэт и суфийский шейх, называл женские ресницы «цветиками».

Тюркский поэт, суфий Навои (1441-1501) (писал, главном образом, на чагатайском языке) сравнивал женские ресницы с «войском негров», с «копьями» и «стрелами».

Почему меня озадачил образ ресниц? Если точнее, полтысячи и одной ресницы? Ни греки, ни римляне не знали, сколько ресниц у человека. Их подсчитали уже в сравнительно новые времена благодаря изобретённым оптическим приборам. Современная компьютерная технология подтвердила данные микроскопии последних четырёх столетий. Но откуда безымянный сказитель, перс или курд, мог знать количество ресниц? В инопланетян я не верю. Но зато верю в силу любви. Она делает нас зорче, удесятеряет зрение, осязание, вкус, слух и обоняние.

Однажды в кантине Би-би-си я долго вглядывался в огромные глаза моей персидской коллеги. Она смущённо спросила: «Is there something wrong?». «Всё так, — ответил я, — тебе никто не говорит, что у тебя глаза газели?».

Каждый год в январе

* * *

Сегодня мне исполнилось бы 90 лет.

Нет, 100. Так торжественней.

Как бы я отметил эту круглую дату?

Если честно, после семидесяти

я каждый день рождения

отмечал как круглую дату.

Она катилась колесом, а я старался

не попасть под неё.

Ну сколько можно рождаться?

И вот теперь снова лавровые венки, тосты

(«лучше него никто не писал

о виноградной благородной гнили»),

воспоминания переживших

("він був самотній, бо сам вибрав самотність"),

элегантные шутки внуков.

Сколько уже Айзеку? Да под сорок.

("Even in childhood, our grandfather infected us with a love
of poetry, thanks to which we feel like outcasts all our lives").

Айзек, говори медленней, please,

мой английский совсем прохудился,

истлел, разложился.

* * *

Тоска смертная?

Всегда считал, что это в переносном.

Но нет, оказалось в прямом

в так называемом преклонном возрасте.

И «преклонный» оказалось в прямом:

92

согнутый, сутулый, сгорбленный.

И «дышать на ладан» было бы в прямом,

если бы не был агностиком.

А «одной ногой могиле»?

Стоишь раскорякой, вот-вот грохнешься.

Так долго не простоишь:

одна нога здесь, другая там.

Дни тоже сочтены. Кем?

Бухгалтером? Богом? Но я же агностик.

Всё-таки неудобно стоять на краю гроба

и в такой позе, ожидая суда пред всевышним.

А кто это так надсадно дышит?

Вот что значит «на последнем издыхании»!

Нет, не я. Я на предпоследнем.

Ладно, меняем смертную на зелёную.

Но почему зелёную?

Это же весёлый оптимистичный цвет.

Как всё же правильно сменить одну «тоску» на другую.

* * *

«Живу тускло, как в презервативе». —

Писал В. Шкловский в середине двадцатых

прошлого тысячелетия.

Стоит включить воображение

и представляешь московскую комнату

с холодными батареями.

Но я о другом.

Она спросила из другой страны:

«Как живёшь?». И я ответил словами Шкловского.

Оказалось, она не знает кто это.

Прежде я бы не обратил внимания:

ну не знает, ну и что с того,
подумаешь, мы сами сочиняли слова и звуки,
когда наши губы впадали друг в друга.
Лепили звуки: бобэоби, вээоми,
гзи-гзи-гзэо.
«Что-что?» - Переспросила она.
Я повторил, "как в презервативе", и она засмеялась.
Всё-таки чувство юмора у неё есть,
а оно, чувство юмора,
в двух шагах от поэзии.
И всё же, снова-таки, как писал Шкловский:
«Я пытался удержать осень»,
зачем я пытался удержать её?
Посмотрел на смартфон,
он едва светился,
день был тусклый-тусклый.

* * *

Хирург на арктической станции
вырезал себе аппендикс.
Не умирать же ему было.
Вколол себе новокаин,
вскрыл брюшную полость,
вытащить наружу кишечник
и полоснул.
Почему я об этом вспомнил?
Да потому, что кто ещё опишет
угасание слов, их поседение, линьку,
усыхание, ороговение, изъязвление,
гниение, истлевание, разложение,
наконец, распад, если не сам поэт?

Разве такое передоверишь кому?
Да, хирург выжил.
Всё же медицина надёжней поэзии.

* * *

Я мало что могу
в силу бессилия.
Например, не могу на ярмарке,
как бывало,
поднять одной левой экипаж с дамой и ребёнком
или с треском расколоть о колено деревянную балку.
Да, не могу выйти на помост,
натереть мозолистые ладони и волосатую спину мелом,
широко расставит ноги, напрячь шею
присесть и...
Но пока ещё могу одним рывком
поднять слово над головой
и удержать его в созвездии Лиры.
Да, между прочим, гриф штанги
называют осью Аполлона.
Нет, не стоит обольщаться:
«Аполлон» — прозвище французского силача.
Эту самую ось вагонетки
он без устали выжимал на тренировках.
Поглядите-ка,
ну чем я не Аполлон в бандажах на запястьях?

Заметки на полях языка

Впервые я услышал это слово в университете на лекции по грамматике английского языка. Преподаватель объяснил: синта́гма (др.-греч. *σύνταγμα*) – это со-порядок слов, цепочка, связанная семантическими и фонетическими смыслами. Оказалось, что предложение можно разбить на синта́гмы и таким образом понять, что их порядок противостоит логическому хаосу. Я цитирую преподавателя по памяти, а она - в меру надёжный источник. К слову синтагма я вернулся годы спустя, когда приехал в Афины и вышел на просторную площадь возле греческого парламента. Это была площадь Синтагма, т. е. площадь Конституции. Беломраморный фасад парламента отсылал к древним грека, ценившим красоту и величие горной породы. Тогда в Афинах я открыл для себя прямую связь языка, его лексики и грамматики, с первоосновами государства, политики, демократии. Но не только. В науке выбор терминов, биологическая и эстетическая классификация родов, видов и подвидов напрямую восходит к слову морфология (от латинского вид, наружность, форма). Это слово мы узнали благодаря школьному учебнику. Помните: фонетика и морфология?

Вернусь к политике. Слово парламент происходит от французского parler — говорить. Да, в разговоре обсуждаются и принимаются законы в парламенте. В патриотическом запале А. Пушкин назвал парламентские дебаты во Франции «шумом народных витий», чем-то вроде говорильни ("Клеветникам России"). Литературоцентричная русская культура отвергла политический институт, без которого невозможна демократия. Где культ, там и презрение. Я об отношение к слову.

В лингвистике предложение – это грамматически организованная единица языка. Из этих единиц состоит связная речь. В быту можно предлагать помощь или перемирие, союз или руку и сердце. Язык оставляет выбор. Он щедр, великодушен, доступен. Надо только выйти на площадь Синтагма и прислушаться к безмолвию белого мрамора греческого парламента.

Не знаю, не знаю

* * *

Вдова сказал, что ничего такого
в жанре «Из неопубликованного» не осталось.
В последнюю ночь муж пришёл после вечерней прогулки,
как всегда, зашёл в итальянский бар,
выпил бокал кьянти классико
и принёс домой шмат тосканского сала,
(Lardo di Colonnata), которое по традиции
выдерживают в мраморных посудинах с морокой солью,
розмарином, чёрным перцем, чесноком и мускатным
орехом.
Да, куском, он сам любил его нарезать.
Почему не остались черновики?
Он же не был советским поэтом,
не прятал антисоветского,
всё публиковал здесь и там.
После разговора с вдовой
я полистал свой архив.
Да, бедные вдовы.

* * *

Не знаю, не знаю, что это значит.
Прежде все люди, которых я знал
ели красиво.
Приятно было смотреть.
Даже дети.
И особенно женщины,
нет, не оттопыривая мизинец,
не приведи господь,

а легко, элегантно.
Как раз тогда в наши края
завели итальянский виноград
назывался «дамские пальчики».
И всё совпало.
А теперь люди едят некрасиво,
слов нет как некрасиво,
рты у них больше,
пальцы короче,
и повариха у нас: нос-картошка,
и социальные работники
к столу не садятся.
Наблюдают. И самое удивительное:
все едят жадно, словно
еда - короткие пальчики оближешь.
Не знаю, не знаю.

* * *

Когда старое кладбище набило брюхо,
его закрыли.
Оно ещё долго отрыгивалось,
но в конце концов проголодалось
и снова разинуло хлебало.
Да было поздно.
Почему я об этом пишу?
Не ради красного словца.
Мать пережила отца лет на сорок,
и когда пришёл черёд её хоронить,
отцовское кладбище уже закрыли.
Не на ремонт или ревизию, так сказать,
проверить его финансово-хозяйственную деятельность,

а навсегда. Что было делать?
Не эксгумировать же отца,
это ещё тот, как говорят, головняк.
Кто переезжал с квартиры на квартиру,
меня поймёт.
Дать объявление в газету?
Мол, меняю могилу на старом кладбище
на одноместную на новом. На самом деле
в расчёте на тройной обмен.
Вдруг повезёт.
Не я же один мыкаюсь.

Краснокровка

То, что у моей крови норовистый характер, я почувствовал на похоронах близких. Хотя... Лет в пять я поранил лодыжку ржавой проволокой и впервые понял смысл глагола «хлещет». Она, кровь, хлестала и переливалась на солнце всеми оттенками красного. Мне сделали укол от столбняка и оставили на память грубый шов. Он при мне до сих пор.

Но я не только об оттенках красного. Скорее о похоронах. На них приезжали родичи, которых прежде я никогда не видел. Я знал, что бабушкин отец, мой прадед, участвовал в боях за Плевну и Шипкинский перевал, но даже не подозревал, что из Восточной Фракии он привёз полонянку, которая нарожала ему полдюжины турчат. И вот на похороны бабушки их наследники приехали с долмой, буреками и пахлавой. Это было первым открытием моего кочевого происхождения. На похороны деда по извилистой отцовской линии на нашу голову свалились хасиды из Садыгуры с их завываниями и чтением кадиша в синагоге. В их поминальных молитвах было что-то неуместно жизнеутверждающее. На поминках наш борщ со старым салом хасиды не ели, благо они привезли с собой курятину, горох и груши Бере. Помню, я не мог оторвать глаз от их босых ног, напоминавших о праздничном значении слова "трагедия".

Это были не последние евреи у нас на похоронах. Об отце, как оказалось, помнили московские талмудисты, написавшие учебники о правилах и исключениях в русском языке. Их нисколько не смущали украинские погребальные песни (похоронні пісні) в исполнении друзей отца, и они даже подпевали:

— Ой Боже, мій Боже з високого неба, чи чуєш молитву мою?

Прийми ж мою грішную душу до себе, а тіло в сирую землю.

Ещё помню ассирийцев из Ниневии, говоривших на гортанном арамейском языке, и персов в плиссированных халатах пурпурного цвета.

Ну а на мои похороны пожаловали афиняне с амфорами, наполненными оливковым маслом и хиосским красным вином. Их сопровождали флейтистки и юные флейтисты в лиловых хитонах и накидках. Музыканты выдыхали скорбь и сострадание такой красоты, что мне позавидовали внуки и правнуки.

Новый смысл слова «краснокровка» нашёл я. Завещаю его читателям, преклонившим исцарапанные колени у моей воображаемой урны. Клянусь, моя прививка от столбняка всё ещё в силе.

Тайные свидания в Дрездене

От Праги до Дрездена – 2 часа 23 минуты поездом. По дороге в Дрезден я читаю, когда возвращаюсь домой – смотрю в окно. В Дрездене я бываю два раза в год, иногда чаще. Жена ревнует и небезосновательно. В Дрездене у меня свидания с девушкой. Той самой, которая читает письмо перед открытым окном. Ей чуть больше 360 лет. Искусствоведы замучили её. Она прошла столько рентгеноскопий, что должна была бы умереть о лучевой болезни. Но голландки стойкие. Об этой девушке и её комнате написаны килограммы исследований, заключений, аттрибуций. Искусствоведы отмечают «скрытый эротический смысл картины». Да, это было время аллегорий в искусстве, но на картине ничего «скрытого» нет: портрет карапуза-Купидона не занавешен шторой, персики и яблоки представлены во всей греховной красе. Открытое окно искусствоведы считаю «источником света» в замкнутом мире молодой католички. Но я уверен, что источник света в картине – письмо. О чём оно? Кто его написал?

Впервые я увидел её на тесной улице в Делфте в конце сентября 1657 года. На ней было длинное гранатовое платье с узким корсетом и батистовым кружевным воротником. Её лицо, казалось, таило... да, что? Я пошёл следом за ней и так узнал, что она живёт в доме с красной черепицей. В ту же ночь я сочинил стихи и наутро отправил их с гонцом. Я почти забыл эти стихи: с веками память ветшает. Но две строфы помню:

Не ожидая нег и благ,
За остывающую осыпь
Багряный опускает флаг
Охладевающая осень.

И, в тишину макая взгляд,
Я напишу тебе в открытке,

Что лица женские таят
Воспоминание улыбки.

По дороге в Дрезден я читаю, когда возвращаюсь домой – смотрю в окно.

Четыре времени жизни

Когда-то в прошлом веке я написал такие стихи:

> Может быть, это
> имеют в виду,
> сравнивая зрелую пору жизни
> с осенью:
> когда окна становятся хлипкими
> в тебе,
> и ветер воет
> из тебя,
> и весь ты насквозь,
> а из горла
> рвётся собака
> на цепи.
> Если не это, то что?

Писатели часто отождествляют своих персонажей с временами года. Кончается зима или лето и вместе с ними жизнь. Одна из книг семейной саги Голсуорси называется «Последнее лето Форсайтов»:

«Старый Джулиан Форсайт сидел в тени дуба перед террасой своего дома в Робин-Хилле. Он ждал, когда его начнут кусать комары, чтобы только тогда оторваться от созерцания дивного дня. Вдалеке куковала кукушка; лесной голубь ворковал с ближайшего вяза на краю поля, а как распустились после покоса ромашки и лютики! И ветер переменился на юго-западный — чудесный воздух, сочный! Он сдвинул шляпу на затылок и подставил подбородок и щеку солнцу».

Герой новеллы Г. Гессе «Последнее лето Клингзора», предчувствуя близость смерти, упивается погодой, красками лета, всеми соками природы:

«Благодаря сухому лету здешние зеленые окрестности стали теперь удивительно яркими и рыжими, никак не думал, что снова возьмусь за красную охру и сиенскую землю. И впереди еще вся осень, жнивье, сбор винограда, уборка кукурузы, красные леса».

Писатели в своих книгах - тоже персонажи. В осенние дни прошлого года я написал с натуры такие строки:

«Осень – это глагол прошедшего времени. Число единственное, потому что осень всегда единственная, особенно крайняя. В начале декабря она уходит в монастырь, и там, макая скрипучее перо в ржавые чернила, пишет воспоминания о лете. Книга в работе – это лето, но стоит взять её в руки, и она шелестит и похрустывает, как осень. Память – это жанр, вид искусства. Муха в янтаре куда живей летающей мухи. Воспоминание о лете – ярче самого лета".

Холестерин

* * *

Он сказал, что видел меня
из окна трамвая,
и что я был похож на короля Лира.
Он был поэт,
и мы недолюбливали друг друга,
как представители одного подвида.
Я понял на какой остановке он меня увидел:
на прибежище бомжей, шумеров, древних египтян.
Я любил это место: все свои,
голосистые, вороватые.
Я спросил:
короля Лира до или после.
Он засмеялся.
Он был поэтом робкого десятка:
держался накатанных рельсов силлабо-тоники,
стоптанных рифм,
но всё же десятка.
Любил слово «заполировать»:
понимай пить пиво после водки.
После он уехал и, что называется,
сгорел в ультрасовременной клинике,
где практически никто до него не умирал.
Но он был упёртый.
Я иногда вспоминаю его,
когда дело доходить до «заполировать».

* * *

Сначала зашёл к врачу на первом этаже:
обсудить результаты анализа крови.
Она сказала, что всё хорошо, кроме холестерина,

но «не смертельно», и сахара, «не критически».

Я неуверенно спросил: а печень?

«Как новенькая, конечно, для вашего возраста».

Я не поверил. Пошёл к лифту, редакция на третьем этаже.

Коллега из украинской службы шарахнулся, увидев меня.

Я поднялся, новостники при виде меня остолбенели.

«Что вы здесь делаете?». «В каком смысле здесь?».

Сел к столу, врубил комп, открыл новости.

Увидел своё имя, фотографию. «После недолгой

но мучительной болезни, на ...(число)...году наш коллега...».

Я снова пошёл к новостникам. Они суетились, прятали глаза,

«понимаешь, это сбой в системе, ты же знаешь,

на всех наших журналистов, кому за 70,

у нас припасены некрологи».

Я спросил, кто писал: Семён или Иван?

«Семён давно умер». Я попросил уточнить:

кто отлил первую болванку, да, Семён умер,

но мне тогда уже было семьдесят. Порылись в файле.

Всё-таки Иван. Я вернулся на своё место, позвонил Ивану.

«Этот ты, жмурик?». Я. Надо кое-что поправить. Ты пишешь,

«по мнению критиков, недооценённый при жизни" .

Почему это? Мои книги были в шорт-листах

всяких премий. Поправил? И вот это:

«Согласно воле усопшего, будет похоронен

в родном городе на Украине». Иван, пожалуйста, «в Украине».

И потом, с местом захоронения свои сложности. Во-первых,

я попросил написать моё имя на надгробной плите на латинице,
но закон запрещает.

Как сказал бургомистр: вы же не в Австрии

и не в королевстве Румыния родились.

И другая загогулина: хоронят в черте города

только тех, у кого есть прописка.

Вспомнил, что да, пепел матери мы хоронили под покровом

вечера, у неё была прописка лондонская.

А старое кладбище, где лежит отец,

новичков не принимает. В общем, пока зависло.

(Это я Ивану разъясняю).

Но я верю, что блат – дело святое.

И ещё. Ты пишешь, что "оставил жену Лину

и сына, английского писателя".

Значит, так. Лина – это для своих.

А для официального документа: Лиана.

И сын не «английский», а британский писатель.

Он всё-таки Kyiv-born.

Исправил? Будем считать, что это окончательный вариант.

«А вдруг ты получишь важную премию?».

Точно, слышу, как рак на горе свистит.

Да, Иван, если что, кто тебя сменит?

* * *

На кого они похожи?

На вулканологов?

И те и другие исследуют

остывшую лаву

и держатся подальше

от раскалённых кратеров.

Их вершины - Везувий Назон, Этна Паунд.

Лично я утратил интерес к смерти,

хотя она не платит мне взаимности.

Но я не о себе, я о них.

Содержание

Игорь Померанцев
Не знаю, не знаю

First Edition

Design and typesetting: Virgola Press
Published in 2025 by Virgola Press, New York
www.virgolapress.com